共和国故事

衡 广 通 途

——衡广铁路复线建成通车

张学亮 编写

吉林出版集团股份有限公司

图书在版编目（CIP）数据

衡广通途：衡广铁路复线建成通车/张学亮编. 一

长春：吉林出版集团股份有限公司，2009.12

（共和国故事）

ISBN 978-7-5463-1898-1

Ⅰ．①衡… Ⅱ．①张… Ⅲ．①纪实文学－中国－当代 Ⅳ．①I25

中国版本图书馆 CIP 数据核字（2009）第 237798 号

衡广通途——衡广铁路复线建成通车

HENGGUANG TONGTU　　HENGGUANG TIELU FUXIAN JIANCHENG TONGCHE

编写　张学亮

责任编辑　祖航　息望　林琳

出版发行　吉林出版集团股份有限公司

印刷　三河市嵩川印刷有限公司

版次　2010 年 1 月第 1 版　　　　　2022 年 1 月第 8 次印刷

开本　710mm×1000mm　1/16　　　印张　8　字数　69 千

书号　ISBN 978-7-5463-1898-1　　定价　29.80 元

社址　吉林省长春市福祉大路 5788 号

电话　0431－81629968

电子邮箱　tuzi8818@126.com

前　言

　　自 1949 年 10 月 1 日中华人民共和国成立至今,新中国已走过了 60 年的风雨历程。历史是一面镜子,我们可以从多视角、多侧面对其进行解读。然而有一点是可以肯定的,那就是,半个多世纪以来,在中国共产党的领导下,中国的政治、经济、军事、外交、文化、教育、科技、社会、民生等领域,都发生了深刻的变化,中国人民站起来了,中华民族已屹立于世界民族之林。

　　60 年是短暂的,但这 60 年带给中国的却是极不平凡的。60 年的神州大地经历了沧桑巨变。从开国大典到 60 年国庆盛典,从经济战线上的三大战役到经济总量居世界第三位,从对农业、手工业、资本主义工商业的三大改造到社会主义市场经济体制的基本确立,从宜将剩勇追穷寇到建立了强大的国防军,从废除一切不平等条约到独立自主的和平外交政策,从“双百”方针到体制改革后的文化事业欣欣向荣,从扫除文盲到实施科教兴国战略建设新型国家,从翻身解放到实现小康社会,凡此种种,中国人民在每个领域无不留下发展的足迹,写就不朽的诗篇。

　　60 年的时间在历史的长河中可谓沧海一粟。其间究竟发生了些什么,怎样发生的,过程怎样,结果如何,却非人人都清楚知道的。对此,亲身经历者或可鲜活如昨,但对后来者来说却可能只是一个概念,对某段历史的记忆影像或不存在,或是模糊的。基于此,为了让年轻人,特别是青少年永远铭记共和国这段不朽的历史,我们推出了这套《共和国故事》。

《共和国故事》虽为故事,但却与戏说无关,我们不过是想借助通俗、富于感染力的文字记录这段历史。在丛书的谋篇布局上,我们尽量选取各个时代具有代表性或深具普遍意义的若干事件加以叙述,使其能反映共和国发展的全景和脉络。为了使题目的设置不至于因大而空,我们着眼于每一重大历史事件的缘起、过程、结局、时间、地点、人物等,抓住点滴和些许小事,力求通透。

历史是复杂的,事态的发展因素也是多方面的。由于叙述者的视角、文化构成不同,对事件的认知或有不足,但这不会影响我们对整个历史事件的判断和思考,至于它能否清晰地表达出我们编辑这套书的本意,那只能交给读者去评判了。

这套丛书可谓是一部书写红色记忆的读物,它对于了解共和国的历史、中国共产党的英明领导和中国人民的伟大实践都是不可或缺的。同时,这套丛书又是一套普及性读物,既针对重点阅读人群,也适宜在全民中推广。相信它必将在我国开展的全民阅读活动中发挥大的作用,成为装备中小学图书馆、农家书屋、社区书屋、机关及企事业单位职工图书室、连队图书室等的重点选择对象。

编　者

2010 年 1 月

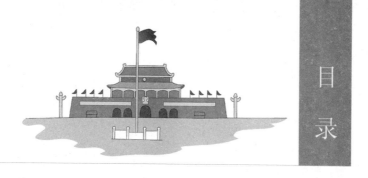

一、中央决策与规划

二、铁路勘测与设计

三、铁路施工与建设

一、 中央决策与规划

● 郭维城说："打大瑶山，我不但对技术有保证，还可以对法律负责。"

● 万里决定：要集中人力、物力、财力，加快衡广铁路复线的建设，限期完成，只准提前，不得拖延。

中央作出衡广复线三年决战决策

1985 年 12 月 10 日，万里来到广州，主持召开了衡广复线工程现场办公会议。

国家计委、铁道部、水电部，湖南省、广东省有关领导参加了会议。

在会上，作出了重要决策：

决战三年，建成复线。

几天后，国务院发出《关于加快衡广复线建设的会议纪要》。

衡广复线北起衡阳茶山坳编组站，南至广州，全长 526 公里，由衡阳枢纽、衡阳至韶关复线、郴州至韶关电气化、韶关至广州复线和广州枢纽等五个部分组成。

衡广铁路复线郴州至韶关间的瑶山武水，历来被视为天堑，这里流传着这样一首民谣：

水到郴州止，马到郴州死；
车到郴州掉轮子，人到郴州打摆子。

唐代大诗人韩愈被贬路经郴州的时候，他曾经发出

"其险恶不可言状"的感叹。

其实，郴州还在天堑之北，再向南的瑶山、武水就更加险恶了。

早在 1906 年，由湖南、湖北、广东三省富豪和商人倡导，詹天佑任总工程师，历时 30 年，兴建了粤汉铁路。

衡广段单线在古老的南岭山麓中已经有半个多世纪了。

在民国初年，孙中山立志在 10 年内修建 16 万公里的铁路，但他的宏愿没有实现就去世了。

1958 年，衡广铁路复线决定上马，经过三年努力，部分区间土方工程已经成型。

1960 年，因自然灾害，不得不进行国民经济大调整，这项工程被迫下马了。

1975 年，万里任铁道部部长，他果断地整顿濒于瘫痪的铁路，作出衡广复线上马的决策。

1978 年，郭维城任铁道部部长，作出决定：

打通大瑶山，加快复线建设……

可是到了 1980 年 12 月，国民经济调整，衡广复线被列为缓建项目，这项工程再次下马。

铁道部因此向国务院打了五次请求复工的报告。

1979 年冬，中国基建代表团访问日本，他们同日本

中央决策与规划

有关方面就大瑶山隧道由日本提供贷款问题进行谈判。

外国专家对大瑶山很感兴趣，他们都想在中国这座最长的复线隧道口上，刻上自己国家的名字。

日本有关方面曾经暗示，可以提供贷款，但工程要由日方负责设计和指导。

铁道部第四勘测设计院工程师厉自凡说："中国的隧道为什么要外国人打？"他因此三赴日本。

日本专家就大瑶山工程向厉自凡提出一连串的问题，厉自凡都准确地进行了答辩。

专家看到中国工程师这么自信，他们就使出最后一招说："敢不敢签字？"

全场顿时一片肃静。

这时，一位日本人说："20世纪中叶，中国一个叫何如璋的学者到日本，第一次见到火车，吓了一跳，不知为何物。"他这句话顿时引起一阵哄笑声。

厉自凡微微一笑说："这个故事对我很有启发，就是说作为何如璋的同国人，要有一种挑战观念。冲上去，意味着民族崛起；退下去，就是一种历史的遗憾。那么，我只好去试了。"说完，厉自凡从容拿起笔签上了名字。

1981年，日本"建设公司"的竹内雄三来到工地，见到工人们在用传统而落后的"分部开挖、木支撑"的施工方法打洞的时候，他轻轻地说道："我看到了只有过去书本上才能看到的东西。"

陪同的中方总工程师方维鹏听到这句话，他的眼睛湿润了，他感叹道：

中国的隧道建设何时才能走向世界？

20 世纪 80 年代初，湖南、广东两省向中央提交告急报告：

湖南年出口物资积压严重，每年直接损失外汇 5 亿多美元；运往广东的水泥，因为车皮紧张，消减了计划的三分之一；冶金进出口公司与外商签订合同，因为不能如期运货，被迫罚款；大量的鲜蛋运不出去，年积压 3.1 万箱；生猪大量库存，无法及时收购，影响了农民饲养的积极性，并曾多次引起纠纷。

曾经有人对郭维城说："国家这么贫困，你拿这么多的钱去修复线？再说怎么打通大瑶山隧道？"

郭维城从 1949 年秋就任铁道兵副司令员。

郭维城在这几十年中，走遍了衡广区段，他十分清楚，若能打通大瑶山，将曲线拉直，就可能少修 15 公里复线，列车时速可从 50 公里提高到 100 公里，动力可以增长一倍。

但是，郭维城也看到，衡广复线穿越湘南丘陵和粤北山区，部分地段地形陡峭，沿线地质复杂，岩溶发育，地下水丰富，多滑坡软土，有许多建路史上少见的技术难关。同时，在保证既有线运输畅通、运量增长的情况下增建第二线，施工与运输相互干扰，给建设带来很多困难。

因此，郭维城在国务院召开的会上说：

> 如果不打通大瑶山，仍然采取沿武水修复线的方案，施工干扰太大，衡广线 800 万吨运量就会减少一半。打大瑶山，我不但对技术有保证，还可以对法律负责。

国务院考虑到：衡广复线建成后，会在设计技术、质量安全和效益等方面都取得比较突出的成绩，衡广复线建成后，这段铁路的运输能力将逐步提高到每年 3000 万吨以上，从而可以大大缓解京广铁路南段的运输紧张状况，对于适应改革、开放、搞活的需要，保证沿海经济发展战略的实施，促进湖南、广东两省以至华南地区经济发展，都具有重要的意义。

因此，国务院同意了郭维城的提议。

1982 年，具有 20 世纪 80 年代世界先进水平的 16 种大型现代化隧道施工机械，分别从瑞典、意大利、西德、美国、日本等国相继运来，400 多名新型的技术工人很快培训出来了。

引进的大型机械经过消化、吸收，与国产设备成龙配套，形成破岩、装运、支护三条流水线，工人们驾驶着新设备，向古老的地层开战了。

万里要求加快铁路复线建设

1985 年 12 月 10 日至 11 日，国务院副总理万里深入衡广铁路进行现场办公，并且到大瑶山工地慰问施工队伍。

万里在现场办公会议上决定：

要集中人力、物力、财力，加快衡广铁路复线的建设，限期完成，只准提前，不得拖延。

全长 2300 公里的京广铁路，是纵贯我国南北的主要大动脉。

1975 年，第四勘测设计院开始勘测衡广铁路复线，初步设计文件于 1977 年 2 月完成。

同年 11 月，铁道部进行了初步设计鉴定，1978 年完成定测并进行施工设计。

1978 年 5 月，隧道工程局施工队伍陆续进入广东境内坪石至乐昌段进行施工筹备。

衡阳至广州段自 1978 年正式开工以来，由于投资不足等原因，建设进度比较缓慢。

1979 年初，第五工程局进入衡广复线工地，首先在湖南境内由北至南陆续进行施工准备。

1980 年，衡广复线停工缓建。但在这时，随着国民经济的蓬勃发展，特别是实行对外开放、对内搞活的方针之后，客货运量急剧增加，衡广段既有铁路越来越不能满足需要了，已经成为南北大动脉卡脖子最厉害的地段。

1981 年 4 月，万里、吕正操带领国家有关部委决策者南下视察，亲临衡广。

万里在全国最大限制口坪石口一带下了火车，他在长满杂草的路堑上不停地走着，不停地思索着。改革开放给国民经济带来了转机，经济形势发生了翻天覆地的变化，但凸显了交通的滞后性，看来，要想富，必须先修路。

后来，万里强调说：

> 衡阳到广州这段复线，我们缺乏远见，修晚了，是计划不当，搞得很被动。

1981 年 11 月 11 日，正式批准全国最长的大瑶山隧道全面开工。

自 1978 年至 1985 年，原铁道部部长郭维城、刘建章、陈璞如，副部长黎光、布克、李轩等人先后来衡广复线和大瑶山工地检查指导工作。

为解决衡广铁路复线建设速度问题，万里于 1985 年 12 月 10 日又专程来到广东。当天下午，在广州召开了衡广复线建设现场会议。

出席会议的有铁道部部长丁关根，水电部部长钱正英，国家计委副主任黄毅诚，广东省委书记林若、省长叶选平，湖南省委书记毛致用、省长熊清泉，以及衡广沿线各市、地、县负责人等。

万里传达了中共中央总书记胡耀邦的批示：

> 这是我们祖国南北大动脉，尽快建成，早日发挥经济效益，这是我们生产力发展的需要，是人民的迫切要求。我们各级干部都要树立全局观念，为这个复线的建设开绿灯，必要的时候要牺牲局部的利益来服从全局的利益。

会议听取了铁道部关于衡广复线的建设情况、存在问题及今后建议等方面情况的汇报，并围绕着如何加快衡广复线建设速度问题，进行了热烈的讨论，大家都想找到最佳的方案来。

大家一致赞成中央领导提出的方针，要集中力量打歼灭战，在保证质量的前提下，加快建设的速度，确保衡广复线于1988年底前顺利通车，1990年前能够完成整个配套设施的建设，尽快让衡广复线早日投入运营，早日发挥经济效益，支援国家的经济建设，实现当初兴建衡广复线的目的。

国务院各有关部门，广东、湖南两省各级党委、政府表示一定要在投资、施工安排、材料供应、征地拆迁及供电等方面给予保证。

会议决定：

由铁道部和湖广两省主要领导组成衡广铁路复线建设领导小组，统一安排建设工作，为复线建设提供有力保障。

万里在现场办公会上讲话说：

这个会开得很好，大家认识一致：

第一，这个工程建设期限以 1988 年为界，要下定决心，在保证质量情况下，只准提前，不能再拖。

第二，人、财、物、地、运，都要给予保证。钱要给够，材料要拨足，地方要开绿灯，在征地拆迁等方面给予方便，谁都不能借机敲竹杠。这是全局观念的问题。

第三，铁道部门要千方百计降低工程造价。

第四，广州市要在仓储、公路交通、水运等方面搞一个系统工程，及早做好准备，以适应复线修成后给这个大的过路城市提出的要求。

第五，领导小组要协助解决重大问题，要敢于解决问题，不要搞官僚主义。

要加强党的领导，加强思想政治工作，要
发扬爱国主义精神和中华民族的志气，党、政、
军、民，中央和地方团结合作，多快好省地建
成衡广复线。

同日，中央、国务院领导在广州召开衡广复线建设
现场办公会议时，决定成立衡广铁路复线建设领导小组，
负责解决建设的重大问题：

组长：铁道部部长丁关根
成员：铁道部副部长孙永福
广东省副省长匡吉
湖南省副省长俞海潮
国家计委重点二局局长丁俊彦

现场办公会议结束之后，万里连夜乘火车赶到粤北
山区。

11 日上午，万里又冒雨乘汽车深入到大瑶山隧道工
地，他一边视察工地的建设情况，一边会见铁道部隧道
工程局的先进人物，还慰问了正艰苦奋战在第一线的施
工队伍。

万里还头戴安全帽，深入到隧洞中，察看混凝土衬
砌的工作情况。

万里还来到掌子面，登上四臂钻孔的台车，和工人

们在一起交谈，研究工作中存在的问题，为广大工人解答有关问题。

这对广大工人是莫大的鼓舞，他们纷纷表示要加快速度，决不辜负党和人民的期望。

离开工地前，万里挥笔题写了四个大字：

开路先锋

以此勉励广大职工把大瑶山隧道建设好。

铁道部加快部署复线建设

1985 年 12 月 13 日，根据万里的指示精神，铁道部对京广铁路衡广段复线工程重新作了安排。决定采取集中力量打歼灭战的办法，集中人力、物力、财力，在保证质量的前提下，以最快的速度，确保这一段复线工程 1988 年底基本建成，尽早发挥投资效益。

衡广复线工程，包括衡阳、广州枢纽，衡阳至广州增建第二线、郴州至韶关区段电气化等工程，也包括系列配套工程等。

复线长度共 526.6 公里，自 1978 年开工以来，几经上下，建建停停。

1984 年，衡广复线列入国家按合理工期建设的重点项目后，就已经完成正线铺轨 115 公里，投产的有 11 个区间 54 公里，和郴州北运转场、广州枢纽的部分工程，使衡广段输送能力有所提高。

但是，由于年投资的不足，除全长 14.295 公里的大瑶山双线隧道外，全线工程进展缓慢，严重影响到经济效益的发挥。

为了确保衡广段复线工程尽快建成，铁道部采取了以下措施：

1. 加强组织领导，建立强有力的指挥机构，全面领导复线建设工程，组织实施工程承发包及设计、施工和路内外协调等工作。

2. 集中力量打歼灭战，增调部分施工队伍和机械设备，加快施工进度。

3. 对受飞来峡水库影响的 104 公里改线地段，加快设计速度，采取分批交付设计资料的办法，力争明年初进行施工准备，争取早日开工，早日修通，尽快形成能力。

4. 按照运输需要，对未开工地段的设计，再组织一次检查，能省则省，能减则减，能缓建的生活房屋、生产设备则缓建，节约投资，降低造价，对这一段复线工程实行投资包干责任制。

5. 合理安排施工，编制好施工组织设计，尽量做到交叉作业、平行作业，加快施工进度，努力缩短工期。

12 月 16 日，在时任中共中央办公厅副主任的温家宝的安排下，地质矿产部副部长夏国治、总工程师张宏仁、水文地质司副司长农开清等专家，专程来到铁道部，帮助审查大瑶山隧道的水文地质资料，共同探讨安全通过断层的办法。

丁关根、孙永福及铁道部基建局局长蒋才兴和工程技术人员参加了这次会议。

丁关根说："中央领导同志对衡广复线，特别是大瑶山隧道的建设很关心。万里同志在现场办公回京后，再次提出要把隧道的地质情况搞清楚，在确保安全、质量的前提下，尽快打通大瑶山隧道。现在，有了中央领导同志的亲切关怀，加上地质矿产部、水利电力部等部门的大力协助，我们对尽快建成衡广复线铁路就更有信心了。"

铁道部基建总局、第四勘测设计院、专业设计院的工程技术人员，详细介绍了大瑶山隧道的水文地质和施工情况：

大瑶山隧道全长 14.295 公里，是我国目前最长的双线铁路隧道，也是衡广复线铁路通车的关键工程。

从 1980 年 11 月开工后，经过隧道局职工的艰苦奋战，已经打通 12 公里，但剩余的 2 公里多地段，位于断层带，涌水严重。

班古坳竖井从 1985 年 4 月 11 日被淹后，至今未能恢复生产。如何安全地通过断层带，高质量、高速度打通大瑶山隧道，已经成为加快衡广复线铁路建设的关键和制约工程。

地质矿产部的领导和专家们在听取情况介绍后，他们一致表示，要把地质资料带回去研究，立即抽调一批专家，协助铁道部攻关，为早日建成这条南北交通大动脉出力。

经过协商，双方决定组织一批专家，到大瑶山隧道现场踏勘，专家们将于近日起程。水利电力部也将派出专家，前往大瑶山隧道协助攻关。

12月24日至25日，铁道部在北京召开了加快衡广复线建设的工作会议，从此，整个工程就开足了马力进行建设。

在这次会议上，讨论研究了加快建设步伐确保1988年底建成，力争提前通车的措施，制订了加快衡广复线建设的施工计划。

会议期间，担任衡广复线建设任务的广州铁路局、第五工程局、第二工程局、隧道工程局、大桥工程局和第四勘测设计院的领导，详细汇报了各自的初步安排和具体措施。

参加会议的部机关各有关业务局，表示要急衡广之所急，想衡广之所想，认真做好服务工作，保证前方施工顺利进行。

与会者一致表示：

> 有党中央的英明决策，有全国人民的大力支持，有湘、粤两省人民做后盾，开绿灯，我们充满必胜的信心，决心全力以赴，奋战三年，确保按期，力争提前完成这一光荣而艰巨的建设任务。

为了加强领导，铁道部成立了衡广复线建设指挥部，坐镇韶关，代表铁道部进行现场指挥，加快整个铁道的建设速度。

各参战单位也要由负责人挂帅，组成强有力的指挥机构。

指挥部领导成员有：

指挥长：由铁道部副部长孙永福兼任

副指挥长：原第五工程局局长刘大椿、广州铁路局局长杨其华、铁道部基建总局副局长周振远、广州铁路局副局长靳林

会议结束的时候，孙永福和铁道部总工程师屠由瑞都讲了话：

各参战单位要树立全局观念，增强光荣感、责任感和紧迫感。

要搞好施工组织设计，合理组织施工。

特别要抓好控制工期的重点工程和区段的施工，运输急需和控制运能的区段要优先安排。

要制订创优规划，实行安全责任制，确保优质安全。

要组织技术力量，现场复核有关技术标准和设计方案，努力改善设计。

要加强施工管理，实行招标、议标和投资包干。

　　坚决制止敞口花钱，努力节约一分钱、一分地，做节约的模范，千方百计降低工程造价。

　　要加强政治思想工作，两个文明一起抓，两个成果一起拿，加快衡广铁路建设，修出一条优质路，锻炼出一支好队伍。

中央领导视察衡广复线工地

1987 年 3 月 5 日至 6 日，中共中央政治局委员、国务院副总理李鹏来到衡广复线建设的大瑶山、南岭隧道考察。

李鹏代表国务院向战斗在大瑶山、南岭隧道和衡广复线全线的全体职工表示亲切的慰问。

李鹏指出：

经过全线广大职工的艰苦努力，衡广复线工程取得了很大进展，在整个施工过程中采取了许多新的施工技术，克服了许多困难，积累了丰富的经验。

在丁关根主持召开的衡广复线各参建单位负责人座谈会上，李鹏对铁路基建工作提出 4 点要求：

1. 铁路基本建设要注重经济效益，特别要着眼于社会经济效益，把建设投资重点放在投资省、成效快的关键线路上，走挖潜改造的路子。国家关于加快建设衡广复线的战略决策是正确的，这个钱花得值，能很快收到投资效益。

今后，哪个地方经济效益高，就在哪个地方修路。

2. 铁路基本建设要贯彻改革、开放、搞活的方针。在大瑶山隧道的全线施工中，建设单位结合自己的特点，学习和引进国外先进技术、现代化设备以及施工管理办法，大大加快了施工进度，在安全、质量等方面都收到了很好的效果，我们应该推广。

3. 在基建施工队伍中，既要贯彻按劳分配的原则，又要重视社会主义精神文明建设。物质奖励和按劳分配要搞得更加合理，方法不要太复杂，分配档次要适当拉开，太平均了，起不到积极作用。只有这一点还不够，要抓好社会主义精神文明建设，艰苦奋斗、勤俭建国，使人们重视荣誉奖励，从中受到鼓舞，得到尊敬。

4. 铁路基建队伍的建设，应该有一个长远规划，搞好队伍的基地建设。目前基建战线已经出现了在计划指导下的竞争局面，这是一件好事。铁路基建队伍要有适应这种形势的措施，要做到施工队伍精干，精兵强将上第一线，也要建立自己的生活、教育、生产的基地。

早在 1986 年 3 月 19 日，全国政协副主席吕正操在韶关看望五局的 200 多名干部，并于 20 日视察了正在紧张施工的大瑶山隧道。

在五局韶关工作会议上，吕正操勉励五局拿出大战成昆线的威风，早日完成衡广复线的建设。

在大瑶山工地值班室里，吕正操仔细询问了隧道的施工和职工家属的生活等情况，他不顾自己已经 80 多岁的高龄，坚持来到距洞口 7100 米深处的掌子面，冒着密集的裂隙水，观看液压凿岩台车的钻孔作业情况。

吕正操还同大家一起在洞口合影留念，并挥笔为隧道建设者题词，提出了热切的希望。

1987 年 3 月 9 日，中共中央政治局委员习仲勋在衡广复线大瑶山隧道工地考察时，向隧道建设者们致以亲切的问候和敬意。

习仲勋对建设者们说："你们辛苦了！你们做出了很大成绩，有功于全国人民！预祝你们圆满完成任务！"

习仲勋由中共广东省顾问委员会副主任许士杰等人陪同，在大瑶山隧道出口端工地考察时，他再三嘱咐施工人员："越是接近胜利，越要依靠科学，坚持安全第一，质量第一。"

1988 年 10 月 30 日，国务委员邹家华在铁道部部长李森茂、副部长孙永福、广东省副省长匡吉等人陪同下，视察了即将全线贯通的衡广复线。

当天下午，邹家华来到大瑶山隧道 9 号断层治水现场，听取了攻关小组采用科学办法排堵结合、因地制宜、综合治理的情况，并和攻关小组的专家及隧道建设者合影留念。

邹家华勉励建设者再接再厉，向党和人民交出一条经得起历史考验的大瑶山隧道。

邹家华说："对于在大瑶山建设中献出生命的职工，要立碑纪念，不要忘记他们；对工程作出贡献的广大职工要大力表彰。"

当晚，邹家华主持召集部、省有关领导开会，共同协商解决了电气化铁路用电、重点桥隧守护及征地拆迁等全线双通急需解决的重大问题。

10月31日，为了进一步落实国务院领导的指示精神，李森茂在韶关复线建设指挥部召开了参战单位领导干部会议。

李森茂说："胜利在望并不等于胜利在握。搞好一项工程和打仗一样，冲刺的时候会遇到很多困难，要努力克服，千万不能麻痹大意。"

李森茂向参战单位提出要求：

紧紧围绕双通目标，继续发扬团结协作、拼搏精神，在保证质量的前提下力争早日开通。

继续抓好收尾配套工程。

认真总结建设中的乡土观念。衡广复线是在运输非常繁忙的情况下修建的，施工中做到了运量不减，而且每年都在递增；思想政治工作很有成效，达到了修路育人的目的。把这些经验总结出来很有意义。

要表彰建设中涌现出来的先进单位和个人，特别是那些献身的职工。要很好地总结他们的事迹，以激励后人。

二、 铁路勘测与设计

● 李和发说："作为举世瞩目的衡广铁路复线设计组长，我怎么能离开战斗的岗位呢?"

● 设计人员都说："搞这样的隧道，无论技术、施工方法、工艺都是国内第一流的。能搞好这样一个隧道工程的设计，我们这一辈子也就知足了。"

● 张长征说："设计是合理的、准确的，能达到这样的水平很不容易。有了优秀的设计，施工就多了一双明亮的眼睛。"

衡广复线勘测设计拉开序幕

从 1958 年开始，衡广复线的勘测设计就开始了。1959 年动工兴建，到"三年决战"时期，竟然历经了 30 年，等于平均每年修建 17 公里。

铁道部第四勘测设计院的第二、三代工程设计人员为此付出了青春、智慧和血汗，甚至宝贵的生命。

京广铁路来到湖南南部、广东北部，由于地形、地质条件变得异常复杂，要穿越古老的南岭山脉、瑶山山脉，要从武水、北江一侧经过，500 多公里的线路就有 300 公里属石灰岩地区。

京广铁路原有的单线是由英国人设计建成的，已经过去六七十年了，线路条件差，技术标准低，弯多坡陡，每当山洪暴发，河水猛涨，就屡屡出现险情。

但是，复线建设不能在单线的基础上进行改造，仅仅再建一条单线显然不行，因为那样铁路必然要抬高，坡度要减缓，弯道要取直。

大家知道：

这是一场艰苦的硬仗。

如果只是这些困难，身经 10 多条铁路建设考验的工程师们并不感到可怕，但令他们头疼的是，由于决策的迟缓，工程几经上下，决战的时刻总是迟迟不能到来。

大家都看到，由于时间的拖延，京广大动脉的运输日趋紧张，双线和单线的运输能力相差上千万吨。这让衡广段真成了京广铁路上严重的卡脖子地段。

从1985年12月万里到现场办公后，作出了加速衡广铁路复线建设的决定，铁四院的工程师们为这个时刻的到来而振奋不已。

铁道部二局、五局、隧道局、大桥局等单位6万多名工程建设者开上了衡广线，开始了艰苦的战斗。

湖北省人大代表、省政协委员黄宝玮，是铁路设计系统颇有声望的老前辈。黄宝玮早年时曾经留学美国，40年代就投身于铁路建设事业。

黄宝玮原任铁道部第四设计院副总工程师。衡广复线勘测设计拉开战幕后，他积极参加方案研究，优化设计。

1977年，年近七旬的黄宝玮带病跋涉千里，到衡广工地参加衡广复线初步设计鉴定。为了使设计更符合实际，黄宝玮深入现场，沿途察看。

黄宝玮一到韶关就发现鼻腔出血，晚上又再次出现大量出血，但当时他以为是气候的原因，就没有太放在心上。

等繁忙的鉴定结束以后，在大家的再次催促下，黄宝玮才到广州去看病，化验后，医生告诉他是肺癌晚期。

从那时起，黄宝玮就再也没有出医院的大门，直到逝世。

1979年3月，技术员郑中鲁为设计大瑶山隧道施工组织和概算，由于操劳过度，不幸被病魔夺去了年仅42岁的生命。在逝世前的半年多时间里，郑中鲁脑子里装的全是定额、工期和投资等急需解决的问题。

郑中鲁和一个青年技术人员一起，他们奔西南、走华东，风雨兼程，一连跑遍了大半个中国。他们从运用过"新奥法"施工的单位，收集、整理出了大量数据和施工组织方案。

他们依据这些科学的数据，日夜奋战了3个月，完成了大瑶山隧道施工组织和概算设计任务。

经过施工检验，他们的设计是准确的。

当时，郑中鲁的工资是50多元，却要负担妻子和三个女儿及老人的全部生活费用。

郑中鲁由于无休止的工作，再加上清苦的生活，特别是逝世前半年的奔波劳累，使他的肝炎迅速加重了。

当郑中鲁伏案工作的时候，他常常不得不用手使劲按着肝区。

1979年2月，当郑中鲁再次去山东收集资料的时候，不幸病倒，住进了济南铁路医院。

这时，他还对前去探望他的领导说："等我病好些了就马上回来。"谁也没有料到，郑中鲁两天后就去世了。

衡广复线衡阳韶关段副总工程师周以昌夫妇二人都在铁四院工作，只是他俩专业不一样。

周以昌长年在野外工作，他和妻子、女儿常常是人分三地，有时连一年一度的外业补休假，他们夫妻也碰不上面。

周以昌夫妻二人在铁四院度过了 30 年，但总是他回她走，在一起团聚的日子太少了，周以昌攒下了 70 天假期，他多么希望一家人能够享受一番天伦之乐啊！

1975 年，周以昌以 45 岁的年龄挑起了衡韶段总工程师的重担，常年奔忙在湘山粤水之间。

他白天跋山涉水，晚上整理资料，不惧野兽袭扰，不顾蚊虫叮咬，坚持计算数据，绘制图纸，研究方案。

在常年的奔忙中，周以昌得了一种医学上少有的神经细胞变异性病变。

繁忙的工作，使周以昌的病症不断加重，有的时候，他就会处于一种可怕的意识模糊状态。

有一次，他在三个文件上签字，竟然填写了三个不同的日期。

鉴于这种情况，周以昌不得不于 1984 年离开工地住院。

1985 年 5 月 23 日，周以昌逝世的时候，他给妻子、女儿留下了一份特殊的"遗产"，就是 70 天未能如愿的公休假条。

1986 年，衡广复线连源段是全线的卡脖子地段，这里山重水复，重峦叠嶂，由于飞来峡水库的选址迟迟没有能够确定，这段线路的设计也没能进行。

1986 年初，当衡广铁路复线下达设计任务时，二局施工队伍已经在工地上摆开了战场。

面对这边勘测、边设计、边施工的"三边"地段，52 岁的工程师韦从众，虽然没有参加过去对该段的勘测设计工作，但他二话没说，挑起了这副重担。

从那时起，韦从众的办公室每天晚上都亮着灯光，直到夜里 22 时，院办公楼要关门了，他才夹着一卷资料，再带回家去连夜设计。

一天晚上，韦从众的妻子醒来时，看到已经是凌晨 2 时了，而韦从众却还在伏案工作，妻子心疼得流下了热泪。

1986 年春节期间，当同事们去给韦从众拜年的时候，却发现韦从众的书桌上摊满了连源段的设计图纸。

那时，一个办公室的同事都在为韦从众的咳嗽担心。因为大家听到，韦从众咳出的声音，就仿佛是钢铁相碰发出的。

后来大家听医生说："这是肺癌患者的病征啊。"

可是，韦从众竟然隐瞒了自己的病情，当他发现自己咳出的痰带着血，他就吐在纸里丢进了厕所。

大家看到，韦从众常是一只手支着头，一只手不停地计算着设计数字。

为了复线早日开通，他强忍着病痛坚持着。

大家都劝韦从众早一天去看一下自己的病，但他总是说设计搞完了就去。

1986 年 5 月 23 日上午，韦从众终于把设计文件高高兴兴地交了上去，下午才去医院看病。

但是，医生说："一切都晚了，癌细胞已经转移了。"

副总工程师李和发，1955 年从衡阳铁路工程学校毕业。

1979 年，李和发来到衡广工地设计组，配合施工任务，与沿线 7 个市县、9 个施工单位打交道，被人称为"售后服务的能手"。

在郴县 40 公里的范围内，李和发这几年来和设计组的人们处理了施工中出现的 1200 多个问题。

南岭隧道地表出现几十处陷穴，造成水位下降，水土流失，当地政府要求铁路部门对 5 个村庄乡民的饮水及农田灌溉给予"补偿"，部领导估计没有几百万解决不了问题。

李和发经过调查，提出了各方满意的处理方案，国家仅用了 50 万元就解决了问题。

由于多年的操劳，李和发患上了脑内胶质瘤，1986 年，肿瘤曾经破裂出血。

李和发病刚刚好了些，他就又急匆匆地来到了工地，李和发说：

作为举世瞩目的衡广铁路复线设计组长，我怎么能离开战斗的岗位呢？

1988 年 8 月 2 日深夜，柳州铁路医院的抢救室内，医务人员正在抢救一直处于昏迷状态的李和发。

几个小时前，李和发这位在衡广复线奔波了 10 年的工程师，在衡广指挥部召开的方案研究会上突然昏倒了。

李和发连续的工作，使治理塌方有了初步效果，可他却猝然倒在了会议桌上，再也没有起来。

李和发的同事们都痛心地说："去医院抢救的时候，他的脚上还穿着一双沾满泥的凉鞋。"

"他才刚刚走过人生 54 个春秋啊！""老李他真是太累了！"

衡广复线鸡坑段位于广东省英德县境内，全长 3 公里多。原设计方案有大、中桥 8 座，共长 1090 米。

站前施工设计文件已经于 5 月交付施工单位，铁四院工程技术人员深入现场，反复调查，经过大量的数据对比和周密的科学论证，提出了改由山里通过的建议。

这样，新建一座 160 米长的小隧道，便可减少 4 座共 600 米长的桥梁，路基土石方也比原设计减少 4.4 万立方米，线路地质情况有较大改善，桥梁大型预制件的运输量也大大节省。

1986 年 6 月，通过优化设计，提出衡广复线鸡坑段线路改变走向的建议，6 月 25 日得到复线建设指挥部的采纳。

据初步估计，新的方案比原设计节省投资 300 多万元，工期可提前三个月完成。

四院工程师王光洲说：

　　旧横石隧道改线节省投资 120 万元的消息，鼓舞我们提出了鸡坑段改线建设，降低造价，缩短工期，是我们的共同愿望。

几批人实地勘测大瑶山隧道

1978 年 3 月初，铁道部第四设计院挺进大瑶山，进行衡广铁路复线勘测设计。

在广东乐昌县临街的一座旧楼上，四楼有一些木椅放在并不宽敞的走廊里，这就是勘测设计人员的"会客厅"。他们当中有不少人已经在这里度过了九个年头。

早在 1972 年，就有人提出过打通大瑶山的设想，但却没有人赞成。

当时，由于大瑶山地区重峦叠嶂，地势险恶，只有一条武水绕山而过。而且，这里是有名的熔岩发育地区，地质情况相当复杂。

然而，到了 1975 年，当国家决定建设衡广复线的时候，大瑶山就再也不能绕过去了。

人们曾经设计过很多种选线方案：

　　　　两绕武水方案，多跨武水方案，与既有线
　　并行方案，既有线改造加西岩单绕武水案等。
　　这些方案基本思路都没有离开武水和既有的线
　　路，而且都避开了大瑶山。

铁四院将总部设在了武昌，他们先后出去了几批人马，用了三年的时间对这些方案进行实地勘察比较。

但是，在勘测过程中，水利部门又提出不同意见，他们说："武水是重要水利资源，将来这里还要建大水库，因此，铁路能否预留水库的位置，并将线路抬高一点？"

大家算了算，都直摇头：这么一句"抬高一点"，一下子就得抬高二三十米。不仅线路坡度过大，会大大降低火车的牵引通过能力，而且就单看造价也会高出很多。

选来选去，大家都认为，最好的线路只有一条，不考虑武水的因素，打通大瑶山！

设计人员都说："搞这样的隧道，无论技术、施工方法、工艺都是国内第一流的。能搞好这样一个隧道工程的设计，我们这一辈子也就知足了。"

1978 年，铁道部批准了铁四院提出的衡广复线大瑶山隧道选线方案。

从当年的大年初五，院长薛焕章带领的综合勘测队30 人就开进了大瑶山区，大面积的万分之一地质水文测绘工作开始了。

大家都很清楚，这项工作与其说是一项技术工作，不如说首先是一场体力和意志的考验。

铁四院来到大瑶山工地后，第一个营地是安扎在墩子大队队部礼堂里。这是一座砖墙、树皮盖顶的房子，有窗没有玻璃，屋里到处都透风。

而且由于年久失修，夜晚抬头就可以看到天空的星星。下雨的时候，屋里到处漏雨，大家不得不用脸盆和水桶来接雨水。

后来，大家买来塑料布搭棚，总算是解决了漏雨的问题，但住地地面到处有积水，小的成为水坑，大的则像潭，在屋里也常常需要穿着雨鞋排积水。

当时，副食品供应很匮乏，生活条件极差，每个人每月只有一斤猪肉，食用油供量也很少。

山上没有卖东西的，也没有供应点，所有的生活必需品都要从几十公里外的乐昌县城靠肩挑手提运上山来。大米和青菜有时都供应不上，大家一日三餐吃的几乎都是馒头、干饭加咸菜，晚上才加一点青菜。

中午大家在山地上，就拣些干柴烧，烤烤馒头，然后吃的时候，一手拿着馒头，一手拿着咸菜。有时为了赶时间，还边走边吃。

隧道设计组 10 多个人面临的任务，首先是要摸清楚方圆 90 平方公里的大瑶山。当时的大瑶山，除了班古坳有几个小村落之外，基本没有什么人烟，就连一条像样的路也没有。

当时正是雨季，现场初测一共进行了 123 天，就下了 107 天雨。

大瑶山山高坡又陡，海拔大约 1000 米，有些峭壁没有石阶可踩，手向上攀时也没有可抓的东西。到了原始森林，树很高，还有很多野藤，杂草也长得很茂盛，根本没有路，到处看不到一个人。

开始的时候，大家找了几个当地老乡带路，后来进了密林，那老乡也没有办法了，他们摇着头说："这地方连我们爷爷辈也没有去过，怎么过去，我们也不知道。"他们也就相继回家去了。

　　没有了向导，大家就自己向前探路，每个人手里拿着一把柴刀，草矮树低的地方就直接踩着过，遇到密林能过就过，无法过就绕道而行，实在不行了就用柴刀砍出一条路来。

　　大家在山地里，常常被蚂蟥咬伤，一般咬在小腿到脚掌处。刚开始挨咬的时候，并没有什么感觉，但等它吸饱了血，伤口发痒才开始发觉。大家赶紧用手向外拉蚂蟥，但为时已晚，伤口直流血，而且痒得更加难受。

　　后来，大家为了防止被蚂蟥咬到，就将鞋袜穿得严严的，再把裤脚扎紧。

　　而且，大家还要防范野猪等野兽的袭击，因此一般都是集体行动，进山的时候手持刀棍，不住地高声说话，打口哨，一是自我壮胆，二是把野兽惊走。

　　大家每天穿着雨衣、背着干粮，在原始森林里钻来钻去，有的队员被猎人下的打野猪的"夹子"夹过脚，也有的队员在山上迷了路，只好爬到树上去辨认地形。

　　可是，设计组的成员们没有因为条件艰苦而对测绘工作有一丝的马虎。

　　当时他们虽然已经用一些现代化的勘测手段，如利用卫星遥感照片，从宏观上进行了地质判断和解释，并利用物探技术和放射性伽马测量。但是，大量的第一手地质材料还要靠最原始的方法去获得，一步一步实地踏勘，用地质锤和皮尺去测量。

大家对大瑶山区 17 平方公里的岩溶水文地质调查作出了精确度很高的调查。

按设计要求，每平方公里平均有 17 个地质测绘点就够了，但是他们却达到了 27 个。在初步确定的大瑶山隧道位置正上方，他们打了 48 个深钻孔，其中在两平方公里的关键地段，为了避免发生误差，他们集中打了 7 个深钻孔，一共累计达到 6379 米。

另外，大家还进行了物探、开挖长深槽和试搞以及各种试验达 821 组，设立长期水文观测点 23 处，为大瑶山隧道设计提供了大量准确、可靠的调查资料和数据。

设计人员认识到，由于地层是按年代排列的，就好像书的页码一样，如果遇到大的地壳运动，这种排列有序的岩层就会出现挤压错乱，造成断层。而打隧道最怕的就是断层，一旦洞轴恰巧与断层平行，那就像一头钻进了烂泥塘里，隧道就全完了。

因此，设计隧道的关键就是尽量避开断层。

大家在进一步的地质勘探中，沿着武水，用地质锤和罗盘找寻着、分辨着在勘探范围内暴露出的每个页岩层。

为了弄清每一页的厚度，他们竟用皮尺一页一页地丈量了 90 多公里的大地。

测量结果发现，大瑶山隧道竟然要穿过 11 个大小断层。

其中 9 号断层是这 11 个断层中最大的断层，他们采用赤平极投影和比例投影等现代勘测技术，以著名地质学家李四光的地质理论为指导，再加上大量的实地勘察印证，终于准确地掌握了这个断层的状况。

蒙曙辉是一位老工程师，他的头发已经有些花白了，他到大瑶山的时候，任务是与另一个技术人员一起长期观察 10 多个地面水文地质观测点。

从 1979 年开始，蒙曙辉除了短暂的探亲假以外，没有休息过一天，始终奔波在东西长 4 公里、南北宽 8 公里的大瑶山顶上，记录着一组组枯燥的数据。

设计组的副组长邓谊明工程师，长期奔波在野外，根本顾不上家里的事情。家里老人、孩子需要照顾，还有烦琐的家务，这些都由他妻子承担起来了。

1975 年，邓谊明正在武水峡谷搞测绘，妻子来信说，她快要分娩了，让他回家照料一下。可是邓谊明怎么也不离开正处在紧要关头的勘测工地。

妻子由于生小孩的时候感染，差一点就在医院没命了，但是她没有告诉邓谊明，等邓谊明探亲回家才知道。邓谊明埋怨妻子出了这么大的事也不告诉他。妻子说："告诉你你也回不来，何必分你的心呢?"

提起这件事来，邓谊明就觉得这辈子也对不起妻子。

设计组的组长厉自凡，他母亲病危的时候正值隧道刚刚进入 9 号断层，厉自凡觉得，他作为负责隧道施工设计的工程师，这个时候不能离开。

那些日子，厉自凡口袋里装着家里打来的加急电报，心里埋藏着巨大的痛苦，但脑子里却想的都是断层。

厉自凡说："孩子的学业没有人指导，也渐渐跟不上别人，看着别的工程师也都因为顾不上孩子，孩子没有考上重点中学。我们都觉得对孩子有愧呀！"

崔尚彦工程师今年 40 岁，唐山大地震夺去了他的两个可爱的儿子，但是崔尚彦并没有被这巨大的痛苦击倒。

在勘测设计隧道的那些日子里，白天，崔尚彦在大瑶山上跑，他一句话也不说；晚上，他在马灯下含着眼泪整理大瑶山的资料，用繁忙的工作来填充对爱子的思念。

衡广复线设计上采用的主要技术条件正确，选线方案合理，工程设计有 30 多项新技术，各项设备先进适用，从而改善了线路状况和运营管理条件。

设计举世瞩目的大瑶山隧道

1978 年春节刚过，铁道部第四勘测设计院勘测队就开进了大瑶山，当时，被称为"衡广五老"之一的董恒忠工程师担任第八勘测队技术队长。

1986 年，大家迎来了衡广复线决战的时刻，王镜汉作为设计组长，他感觉担子更重了，整天奔波于工地上。

王镜汉并不知道，他在长沙的妻子此时病得正重。

一个月后，当王镜汉跨进家门的时候，他顿时惊呆了，他发现爱人躺在床上已经有两天没吃饭了，她用双手强支撑着虚弱的病体，爬到饼干盒前，把所有的饼干都吃光了。

王镜汉一把抱起妻子，眼泪忍不住簌簌地落下来。但他把侄女叫来，安顿好妻子后，就又匆匆赶回了工地。

工程师们就是靠这种奋斗，终于设计出大瑶山隧道这个举世瞩目的杰作。

隧道进口一端选在一个山梁上，是个完整的石体。既躲过了右侧的熔岩体，又躲开了左侧的大滑坡体。

洞轴与 9 号断层几乎是垂直的，隧道将以最短的距离穿过这个最大的断层。同时，洞轴方向却与地应力的释放方向平行，这样就减少了地应力对洞体的挤压力。

设计判断，隧道将穿过 11 个大小断层，开挖的时候证明，确实是 11 个断层。

设计还判断，9 号断层约 420 米，实际施工时发现有 465 米，断层的性质基本是吻合的。

一般来说，搞这样的设计，断层以位置误差五六十米都是正常的，但是这条隧道设计估计 9 号一断层面出现的位置与实际误差却只有两米，而第二个断层面的中心位置判定则与实际基本吻合。

设计判断隧道将遇到集中的涌水带，日涌水量大约为 8000 吨，水压不超过 15 公斤。

在设计过程中，对于一些重大问题，大家既慎重对待，但又不轻易妥协。他们相信自己的实力。

从设计一开始时，就有同行的人根据遥感判断大瑶山里不存在 9 号断层，甚至直到施工已经打到了 9 号断层，还一直在争论。

对这一重大分歧，铁四院一方面请持不同意见的专家来大瑶山考察，一方面向各有关方面陈述自己的意见，坚持按原设计方案施工。同时，他们还请来了各路专家进行地质会诊。通过会诊，专家们的意见与设计组的看法是一致的。

由于是边施工边设计，他们并不固执己见，隧道一开工，他们就随着首先进入掌子面的工人进入洞内。每次涌水、塌方，他们也都走在前面，进行记录、测绘并取样，及时根据施工的情况修改、完善自己的设计。

几年来，他们先后改善设计 54 处，受到施工单位的称赞。

在隧道的工艺设计上，大家大胆采用先进技术，在长隧道的衬砌结构、开挖方式、防水工艺、洞内长距离通风、轨下基础、斜井施工上都有不少创新和突破。

进入 9 号断层后，大家又组织了 5 个攻关小组，日夜守候在工地上，随时解决遇到的问题，为施工队伍顺利通过 9 号断层起到了保障作用。

施工的工程三处处长张长征说：

> 设计是合理的、准确的，能达到这样的水平很不容易。有了优秀的设计，施工就多了一双明亮的眼睛。

中秋之夜，大家在韶关四院的指挥部相聚一堂，共同举杯庆祝佳节。

在席间，有一位靠近窗户的工程师叫起来："好大的月亮哦！"

大家一起把目光投向窗外，不知道这已经是他们在外面度过的第几个中秋节了。

12 辆卡车装载 50 吨资料，这是衡广复线 16.7 万张设计图纸的重量。由于时间跨度大，地质条件复杂，这条 526 公里的线路变更设计之多，在我国铁路建设史上是空前的。

铁四院的设计人员都说：

铁路勘测与设计

　　苏联的设计师们都说，要为自己的设计辩护，但我们不想辩护，让自己的设计凝聚成这一时代最新的铁路技术！

突破惊心动魄的 "喀斯特" 禁区

1984 年 8 月，随着江村南、北大桥的首期开工，一场惊心动魄的 "喀斯特" 之战，就在举世瞩目的衡广复线上拉开了帷幕。

按照铁道部基建系统最初的部署，衡广复线参建单位本来没有大桥局。

当时指挥部认为，500 多公里的衡广复线虽然有上百座桥梁，但其中最长的不超过 400 米，根本不需要动用专业的大桥局来建造这些桥梁。

然而，对复线桥址的地质勘探结果却使人们不由大吃一惊：以江村南、北大桥和乐昌武水大桥为代表的桥址地质岩层溶浊严重，岩面高差陡变，各种形状的熔岩、溶洞、溶沟星罗棋布，纵横交错，相连串通。这正是令中外桥梁界都感到头疼的 "喀斯特" 地区。

大家经过商量认为：在如此复杂、恶劣的地质条件下建桥，就必须请大桥局出马了。

可是，对于这支专业桥梁建筑队伍来说，同样面临着一个难关：

世界上目前针对 "喀斯特" 地区建桥所能采取的两个途径在衡广复线都不适用。

当时世界上的第一种方法是，避开岩溶地区，另选

铁路勘测与设计

045

建址。而衡广铁路复线既定选线方案是几经筛选得出的最佳方案，不可能因为几座总长度不足一两公里的桥梁而改变整个设计方案。

而第二个方法是，个别先进国家采取旋喷压浆的办法，将所有的溶洞、溶沟都用混凝土全部填实后再建基础。但也不适用，因为这样工程之大，耗费之高，我国现有的财力和物力实在达不到。

大桥局领导很清楚，摆在他们面前的只有一个途径，就是走前人没有走过的路，用自己的力量和智慧去征服"喀斯特"地区。

于是，大桥局这支曾经以修建武汉、南京两座长江大桥而闻名于世的队伍，毅然担负起衡广铁路复线地质条件最为复杂的乐昌武水大桥、曲江大桥、英德大桥和江村南、北大桥5座大桥的施工任务。

为了打好这艰苦的一仗，由全局技术中坚力量勘测设计院负责全面技术工作。

与此同时，局属各行政、物资、财务、后勤等职能部门大开绿灯，全力以赴。

他们定下一个口号：

突破建桥禁区，征服"喀斯特"！

江村北大桥告急：钻孔、冲孔、沉井等所有可以采用的基础施工方案在这里一一受挫，工程毫无进展！

江村南大桥告急：桩孔穿过多层溶洞、溶沟，大量射入孔底的泥浆漏失，清孔无法进行，施工被迫中止！

乐昌武水大桥告急：现场所有的钻孔和冲孔钻头全部被卡在深达几十米的溶洞、溶沟之中，整个工地陷入瘫痪！

曲江大桥和英德大桥也遇到了相同的麻烦。

大家在思考、论证、调查、研究、探索、试验："能不能采用沉井内加冲孔的方案解决桥梁基础问题？""能不能采用逐渐射入泥浆的办法解决桩孔清孔问题？""能不能采用爆破震动的方法解决钻头卡钻问题？"

勘测设计院刘景光工程师经常工作到深夜，有一次，他被锁在院大门里了，任凭他怎么喊也叫不开门。

院领导知道这种情况后，特地下达一条命令：今后，无论他多么晚进出，大门随叫随开。

三处三队主管工程师刘兴迥一天天在工地上。有一天深夜，他突然发病，浑身冒虚汗，几乎昏迷过去。第二天一早，爱人替他请了假，正准备一起去医院，但刘兴迥却带病又出现在工地上。

蔡贤桢工程师在工地上时，眼睛不小心被竹子划伤，造成内出血。每天夜晚，他仍然点着蜡烛伏案设计制图。汗水湿透了伤口上的纱布，他干脆一下揭去纱布，强忍着疼痛彻夜工作。

…………

大家经过无数次的研究试验，遭到无数次的挫折失

败，终于成功研制出"沉井内加冲孔方案"、"泥浆渐进清孔法"和"炮震法"，从而突破了施工中基础、清孔、卡钻三大难关。

但是，突破了这几道难关，还有更多的问题挡在面前，于是再试验，再突破。

大家的心血和汗水终于得到了回报。一座座大桥在"喀斯特"地区这破碎的土地上拔地而起。

他们创造了桥梁建造史上的一大奇迹。

三、 铁路施工与建设

● 丁关根说："衡广复线建设，要时时刻刻把国家利益放在第一位……一定要保证工程质量和搞好理性管理。"

● 指挥部领导说："形势严峻，迫使我们只有破釜沉舟，背水一战……其成败关系到连源段能否顺利建成，关系到复线全线能否按期开通。"

展开紧张的南岭大隧道抢险

1986 年 6 月 23 日，铁五局一处党委书记辜清华来到衡广复线南岭隧道深草龙斜井工地。

辜清华知道，南岭是长江和珠江水系的分水岭，这里群山绵延不断，历史上多次地壳运动，使山体与山体之间出现了许多断层和深洞，里面积存大量软泥沙石和地下水。

这种地质，往往在放炮之后，就出现大面积的塌方或突泥涌水，而且已经出现了 40 次大的塌陷。

在掌子面上，听不到往日的风枪呼啸，看不到往日斗车穿梭的场面。20 多名工人用双手艰难地把深洞中涌出的胶泥抠下来，再揉成团抱进矿车里，人人身上都沾满了泥，施工异常艰苦。

高和宽都约 3 米多的掌子面上，血红色的软泥正不断地向外涌，速度越来越快，由每分钟外涌 20 厘米加快到 30 至 40 厘米。

10 时 15 分，软泥深处突然发出一阵微弱的不同寻常的响声。辜清华凭着 20 多年的隧道施工经验，判断出这是要出现塌方了。他果断地下达命令：

不好！要塌方了！快！往后撤！

就在这时，大家面前的软泥突然像疯狂的野兽一样，带着呼啸的响声向大家滚滚涌来。

强大的冲击力和挤压力把一孔孔排架冲倒压塌。涌出来的泥水造成短路停电，隧洞深处顿时陷入了一片可怕的黑暗。

仅仅过去两三分钟时间，工人们抱着风枪和小型变压器跑出了大约 100 米远，大家再回头借着辜清华手中的手电光一看，发现后面追上来的泥墙已经将整个通道堵死了，现在离他们只有 40 米远，地上到处都是涌水。

大家刚刚脱离险境，地面抽水站又传来了更让人害怕的消息：

> 由于溶洞的突然涌水涌泥，地表出现塌陷，造成连溪河河床断裂，滚滚的河水以每小时约 5000 立方米的流量顺着陷洞向距离地面 40 米深的隧道倾泻而下。

有经验的工人说："如果不能及时截断河流，阻止洪水和泥沙冲入，隧道内数百名职工连同价值百万元的机械设备都将被水淹没。"

险情就是命令，随着工地广播的一声紧急通报，山坳里刚下夜班准备入睡的工人冲出了宿舍，正准备做饭的家属丢下手上的活也跑出了家门，全段职工和家属用最快的速度向塌陷点冲去。

在抢险现场，大家只见连溪河床出现了球场般大的深黑陷洞，南沿直抵陡峭的山崖，北边紧连着深陷至膝的沼泽。

五局党委书记董崇政和前线指挥部领导、段队干部紧急磋商，几分钟时间就订出了抢险方案：上游截断河流，另开河道；下游架设钢管将渗漏河水引入陷洞。

大家展开了紧张的抢险工作，数十名职工连衣服都来不及脱就跳进齐腰深的河水中，他们扛着百多斤重的沙包、木板和石块来抢筑挡堤。锋利的河底尖石划破了他们的脚心，鲜血直流，但谁也没有说一声疼，喊一声累。

三层挡墙在职工们的拼搏下迅速升高了。

为了把截流后的河水引进塌陷点，数十名职工用绳索牵引着 30 多米长、直径 0.45 米的钢管向陷洞靠拢，左前方的人们，一只手攀着悬崖，一只手紧紧地拉着绳索，艰难地向前拖移。

当时情况十分危险，只要一步没站稳就有葬身溶洞的危险。有的人手掌被绳子勒得鲜血直流，但他们仍然不肯松劲。

右后方的人们每个人要承受两三百斤重的压力在淤泥中行进，向前移动一分一寸，都要付出巨大的努力。

突然，钢管前端的牵引线因为承受不住巨大的拉力断了一大股。

大家眼看着几千公斤重的钢管就要掉下溶洞去，有两个青年工人挺身而出，大喊一声："你们快点接绳子，我们到下面去扛住它！"说着就冒着生命危险从悬崖上爬到了钢管下面，用肩膀死死地扛住沉重的管子。

老天好像有意跟筑路工人作对，这时，天空突然乌云翻滚，电闪雷鸣，暴雨倾盆而下，密集的雨线打得地上流沙暴跳，浇得人睁不开眼睛。

冲入隧洞中的水在不断地上涨，溶洞塌陷的地方受到洪水的冲击在不断地扩大。

大家抱定了一个信念：

决不能让国家财产受到损失。

他们在滑溜溜的地面上来回扛着沙包，往返抬着管子，不知道摔了多少次跤，但没有一个人退缩。

有一位老工人有严重的关节炎病，他为了往现场送堵水草袋，连摔了三次，但他仍爬起来继续前进。

一位女职工当时正发高烧达 39 度，但她不下火线。

经过大家 7 个小时的顽强拼搏，到 17 时终于完成了截流任务，使河水顺利改道，控制住了突涌的泥水。隧道内大量的机械设备保住了，数百名职工安全脱险，无一伤亡。

南岭隧道抢险后两个月，8 月 23 日到 24 日，衡广复线建设领导小组在长沙举行第二次会议。铁道部部长丁关根、副部长孙永福、广东省副省长匡吉、湖南省副省长俞海潮、国家计委重点二局局长丁俊彦出席了会议。

国家计委、铁道部、水电部、建设银行和两省有关部门的领导应邀出席了会议。

丁关根在会议上说：

> 衡广复线建设，要时时刻刻把国家利益放在第一位，一定要精打细算、节约，要把这个精神贯彻到各项工程中去。另外，一定要保证工程质量和搞好理性管理。

湖南、广东两省领导在会上表示，坚决为衡广复线开绿灯，不管遇到什么具体问题，首先要保证工程施工。

这次会议，检查了领导小组第一次会议以来的复线建设情况，研究解决当前建设中存在的问题，部署后4个月的建设工作。

在会议期间，领导小组成员与列席会议各方对征地、供电等问题，会下协商，会上讨论，直接对话，平等探讨。

会议经过充分讨论，同意衡广复线建设指挥部后4个月施工部署，具体目标是：

> 全年完成基建投资6.5亿，正线铺轨190公里，投产复线88公里。大瑶山、南岭隧道力争

年底贯通。

打好这一仗关系重大，必须充分估计到它的艰巨性，采取坚决有力的措施。

为确保衡阳编组站用电的可靠性，同意湖南省局的新建茶山坳 11 万伏输变电工程的建议，所需投资应由该局解决。铁道部在衡广复线的概算中给予一定补贴。

明确衡广复线广东段电气化供电工程投资办法。

征地拆迁工作要继续贯彻国务院批发的"纪要"中的有关规定，不能因为具体问题延误施工。立交桥两端引道投资问题也要得到妥善解决。

两头施工贯通南岭大隧道

1986年8月25日15时10分，衡广铁路复线控制工程，南岭隧道迂回导坑，在这时随着一声炮响，终于贯通了。

孙永福、俞海潮、匡吉、丁俊彦等铁道部、水电部、湘粤两省领导来到隧道洞口，他们听工程技术人员介绍了南岭隧道的情况：

南岭隧道是衡广复线第二大双线隧道，全长6058米。隧道地质构造复杂，20多条断层密集交错并与隧道相交，连溪河两次跨越隧道，使突泥涌水现象严重。国内外专家评价这里地质复杂可称"国内外所罕见"。

南岭出口端不断发生突泥涌水，其中较大的有10次，地面塌陷达40处。

从1984年11月28日以来，两次突泥约有一万多立方黏性黄泥，将170米的导坑全部填满了。

1986年6月23日，隧道内又发生突泥涌水，几分钟内就填满了360米导坑，地表出现了宽18米、长25米、深7米的陷坑，使连溪河河床断塌25米，河水全部倾泻进洞中。

筑路工人牢牢记住万里所讲的：

衡广复线早开通一天，社会效益早好一天。

为了实现早日贯通的目标，他们攻克了 11 项技术难关，到 8 月 25 日，已经完成掘洞 5500 米左右，还有 600 来米没有完成。迂回导坑的贯通，可以多列 8 个工作面。

在贯通前的 5 分钟，人们全部集中到了隧道深处。这里放着一张桌子，上面铺着一块大大的红布，红布上面放着起爆器。

大家都注视着这个起爆器，记者们的 20 多台录像机、照相机也对准了它。

26 岁的助理工程师潘飞是这次爆破的技术总管，他毕业于西南交大，年轻的脸上洋溢着激动和幸福。

15 时 10 分终于到了，孙永福按动了一下起爆器的电钮，隧道的深处传来了一声闷雷似的响炮声。

刹那间，人们都停止了喧哗，大家都沉浸在巨大的幸福中，直到过了几秒钟之后，大家才从激动中清醒过来，顿时爆发出一阵热烈的掌声和欢呼声。

这时，人们不由得想起了半年前牺牲的五局一处六队一班代理班长林威泽。

3 月 15 日清晨，一阵暴雨过后，又下起了绵绵细雨，为了抢时间，林威泽正带着几个工人，在燕塘 2 号隧道出口处冒雨清理洞口的石砟。

中午，一个工人途经洞口，林威泽停下手里的活给他让路。这时，林威泽习惯性地抬头向上看了一眼。

突然他发现在 10 多米高的山坡上，一块石头正飞奔而下，撞在洞门的端墙上，又急速地向下落，眼看就要砸在自己面前的青年女工小郑的头上。

在这千钧一发之际，林威泽一面高喊："小郑，快跑！"一面伸手去推埋头干活的小郑。

就在这一瞬间，石头猛地击中了林威泽的头部，他倒在了地上。周围的人们发现这一情况，他们都大声喊着："老林，林威泽！"并以最快的速度把浑身沾满泥土的林威泽抬往医院。

但是，林威泽最终因为伤势过重，不幸牺牲了。

自 1986 年年初以来，南岭隧道施工进入最紧张、最艰难的阶段，担任隧道进口、出口施工的五处二队和一处二队都遇上了险情：洞内涌水突泥继续不断，仅在出口，一次就涌泥 8000 多立方米。

这又黏又稠的淤泥淹没了整个掌子面，庞大的装渣机被淤泥推出掌子面几十米远，钢轨、工字钢立起的排架被淤泥冲得七扭八拐的。

一时间，国内外著名专家都随着南岭告急来到了岭下。专家们看了南岭现场后，大家经过反复讨论，终于提出解决办法，决定在隧道溶洞、淤泥密布的地段采取管棚支护，然后再开挖。当时，为了等待管棚支护，隧道开挖只得停止。

铁五局局长杨谨华看到这种情况，他的眉头一下锁了起来。因为杨谨华知道，雨季马上就要到来了，如果大量的水涌进溶洞，涌进隧道，就会拖延工期。可是限定的时间紧迫啊，只能提前不能拖后。

杨谨华想到这里，他爬上一辆大卡车，朝一处机关奔去。

第二天一大早，杨谨华就带着有关施工负责人和技术人员来到了南岭。经过现场考察分析，杨谨华决定在隧道管棚施工的同时，在南岭两端掌子面同时开挖。

有人担心地说："局长，如果开挖后扰动了淤泥，出现大面积塌方和涌泥怎么办呢？"

杨谨华说："没有那么严重，两头都测量过了，管棚施工区域离开挖点很远，你看，这是数据。如果再等几十天管棚施工结束，那贯通又不知道要等到什么候了。"

会议按杨谨华的提议作出决定：

在支护棚的同时，进行开挖。

同时，一份会议纪要送到杨谨华面前。

有人好意提醒："局长，您这是何苦呢？南岭隧道早通晚通也不会让您少拿一分钱。可是一旦作出决定，出了事您可要负法律责任呀。"

杨谨华想，南岭的情况他最熟悉了，闭着眼也能指出哪里是涌水点，哪里容易塌方。杨谨华是经过精密的考察作出这个决定的，他深信自己的方案是建立在严格的科学基础上的。

当时，如果按照专家们的方法，可以获得最大的保险系数，但却会失去时间上的最佳时机。而南岭隧道不贯通，全线通车就是一句空话。

局里的总工程师对杨谨华说："局长，我支持你。"

党委书记董崇政则说："老杨，我支持你，如果让你去坐牢，我就每天给你送饭。"

想到这里，杨谨华拿起钢笔，毅然签上了自己的名字。

1986年10月的一个夜晚，宛如巨龙静卧的南岭深处，灯火通明，风枪吼叫，工人们正挥汗如雨地向南岭隧道最后的几米岩层冲击。

铁五局局长杨谨华头戴安全帽，脚穿雨靴守候在这里，在这胜利在望的时刻，他倾听着那富有节奏的风枪声，就像一首流畅的乐曲，让他心里感到舒畅。

随着"轰隆"的开山炮声，南岭隧道终于贯通了。而此时的杨谨华，就像刚跑完马拉松一样，又饿又累地回到了机关。他不知从哪里找来一块咸菜和一瓶酒，挨着房间去叫随行的人们。

杨谨华把门擂得山响。大家都睁着惺忪的眼睛，不解地望着他。杨谨华兴奋地瞪大布满血丝的双眼，他说："睡不着，干脆大家都别睡，喝酒！"说着，杨谨华左手举起酒瓶，右手拿起一块咸菜，大声说："为南岭隧道的贯通干杯！"

1986 年 10 月 12 日，就在南岭隧道贯通后，参加衡广复线建设的第二、第五工程局，隧道局，大桥局，广州局 5 个局级单位的指挥部与总指挥部签订了"双承包"责任状，既加快衡广复线建设的步伐，同时培养出一支"四有"队伍，获得"两个文明"双丰收。

"两个文明一齐抓，两个成果一起拿"，这是 1985 年 12 月中央领导视察衡广复线时提出的要求。铁道部衡广复线指挥部于 1986 年 4 月经过试点全面展开。

119 个工程段、队一级单位中，已经有 50 个单位签订了"双承包"责任状。

这次签订责任状的单位，不仅要包物质文明建设，而且要包精神文明。物质文明中包工期、质量、安全、降低成本、文明施工。精神文明中包干部作风、"四有"职工队伍建设、团结协作、"职工之家"建设。

双承包中，每一项都有具体指标，并和奖罚挂钩。责任状规定全面完成两个文明建设的局发给奖旗，并发给一定奖金；未完成指标的，按比例扣罚，每季抽查考核，年末全面考核。

责任状还规定了铁道部衡广复线建设指挥部对承包单位应负的责任。如保证所需工程投资的落实，主要材料供应，协调解决征地、拆迁等重大问题。

架设江村南大桥

1986 年 8 月 24 日，在桥工们的努力下，江村南大桥最后一个吊桥门架在鞭炮声中与桥梁闭合了，《人民日报》专门为此发了消息，标题是：

衡广复线突破禁区，喀斯特地上架设起

大桥

江村南大桥水下，岩面犬牙交错，深洞互相串通。打沉井用钻头冲击岩面的时候，3 吨多重的钻头和取渣桶经常掉在或卡在里面提不出来。

有一天，取渣桶又被卡住了。卷扬机、钻头都没有办法再转动。这时，队长张奇甫马上作出决定："潜水班上！"

年轻的潜水员陈亚保首先往下潜，但他潜不到 20 米，由于泥浆挤进孔内堵住了半个孔，怎么也潜不下去了，他只好浮了上来。

这时，53 岁的老潜水员李庆华接过潜水衣穿上，要第二个下去。

这时有人说："不能让李师傅下水，这太危险了！"

但李庆华说："没事，我有着 30 多年的潜水经验，请

062

大家放心吧。"

李庆华潜入了水下，他在直径 1.06 米的护筒里下潜，活动范围非常狭小，有极大的危险性。

当李庆华下潜到 20 米深处的时候，他发现有不少黏土和碎石紧粘在筒壁上，护筒只剩下一个很细的眼儿了。

李庆华把这个情况用对讲机报告给了井上的人，井上的人一听就着急了，他们对李庆华喊道："这很危险，快上来！"

李庆华心想：我上去了，取渣桶怎么办呢？如果捞不出取渣桶，桩孔井就得报废，那就必然会拖延工期。所以李庆华请求继续下潜。

李庆华排出潜水服里的空气，缩小了体积，使劲地往下挤。

李庆华通过这处小细孔后，到 27 米的深处，他终于找到了取渣桶。

但当李庆华返回的时候，那个土石堆起来的小孔进得来出不去了。因为李庆华上浮的时候必须给潜水服充气，就被卡住了，就像鱼游进了篓子一样。

井上的人听到这种情况，他们对李庆华说："我们派人下去救你！"

李庆华在这生死关头，警告上面的人说："这里危险，不能下来。"说完，他就拼命地用手抠黏泥和石块。每抠下一块，他就多了一分生的希望。

终于，李庆华抠开了一块很小的面积，他尽量减少

铁路施工与建设

063

潜水服中的空气，缩小自己的体积，同时通知上面的人用绳索慢慢往上拉他。

在水上水下的紧密配合下，李庆华终于战胜了危险，顺利返回了水上。

1986 年元旦的时候，万里在广州现场办公的消息已经传到了江村，大家为了加快衡广复线的建设速度，这里的工人们在南桥一号墩，用冲孔钻头冲击岩石的声音代替了节日的鞭炮声。

大家正干着，钻头突然掉到水里去了。

曾经在部队当过侦察兵的杨国照和青年工人荆自强穿上了潜水服，到水下去侦察。

他们两人侦察发现，由于岩面倾斜，钻头滑到溶洞里面去了。

水上研究决定，用 28 厘米粗的钢丝绳往外拉，杨国照和荆自强又轮流潜到水下，把钢丝绳拴在钻头上。

大家一起用力，但是，由于钻头卡在了护筒上，根本拉不动。

大家商量后，决定实行水下切割。

水下的能见度为零，而且活动范围只有半米宽，护筒切割完了，如果水下翻砂或塌方，人就会被活埋在里面。

杨国照冒着生命危险，他又一次潜下水去，切割那卡住钻头的护筒。

流溪河下几十米的深处，闪动着切割发出的火花。

被高温熔化的铁水，不时地落在杨国照的头上和手上。

第一次，杨国照把护筒切割下来一块，钻头没有被拉上来；第二次，又切割下一大块，但仍然没有拉上来；第三次，再切割下一块，钻头这才被拉了上来。

杨国照和荆自强共潜入水下 18 次。

像这样取渣桶、钻头被卡住的事，在这里是经常发生的，每处理一次，往往就得耽搁十天半月，这样下去，桥梁的建设就无法按期完成。

刘兴回工程师参加过南京长江大桥、济南黄河大桥的建设，从事过管桩下沉模型试验和钻机设计工作。他对现场出现的一些现象进行分析，终于提出了一套新的操作方法，避免了钻头再被卡住的现象，使一根根冲孔桩穿过溶洞，跨越断层，牢牢地打进坚硬的岩石中，从而使一个个桥墩建设了起来。

抗洪抢险保护曲江武水大桥

1986 年春节，衡广复线上的曲江大桥 2 号沉井，在岩层中下沉的时候发生了倾斜偏位。而 2 号墩是全桥的关键，如果不能在洪水到来之前处理好，那工期就不得不拖后半年。

在这关键时刻，潜水处的孙德均、赵富凯、孙亚宝、荆自强、李庆华被上级派来了。

这次，他们通过水下侦察认为，必须对沉井进行水下爆破。

这里的水和流溪河里的水一样能见度很低，什么也看不见，做什么活都全凭感觉。

由于沉井是斜的，他们在里面无法站立，只得趴着打炮眼。一个炮眼要打下去 20 多厘米。

当时，河水冰冷冰冷的，但他们没过一会儿就浑身是汗了。为了抢时间，他们轮流下水，每天从早晨 8 时一直干到晚上。

大家的胳膊和手被震肿了，就连筷子也拿不住。而且由于一整天都在水下，晚上头直发昏，耳朵里也嗡嗡地叫。

但是，第二天他们仍然照样干。

经过大家 18 天的艰苦战斗，放了 108 炮，终于为沉井纠偏打下了牢固的基础。

武水大桥最后一个桥墩开始脱模，正准备架设桥梁的时候，负责该桥施工的三处一队突然接到一份特急通知：

> 乐昌地区将有特大山洪，预计今晚 24 时到达，届时武水河水位将上涨两米以上。

当时，48 米的巨型龙门吊刚在工地安装定位，大批架桥材料正堆放在施工栈桥上。

桥工们面对险情，他们都发出口号说：

> 保护国家财产，保护大桥！

大家从四面八方拥向大桥，立即投入了抢险战斗。

但是仅仅几分钟之后，工地上就电闪雷鸣、风雨交加。

200 多名建桥工人组成了一个坚强的战斗集体，以惊人的毅力和速度抢救国家财产。

那巨型的龙门吊，他们只用了两个小时便移离了；上千个沙袋，迅速地填积在河堤上；栈桥上的大批材料，也被他们转运一空。

24 时左右，洪水向栈桥扑过来了，它比人们预计的更凶猛，一下子把栈桥上的一根根坚硬的钢架、钢轨冲

铁路施工与建设

扭曲了，河堤下用沙袋筑起的拦洪坝，也被洪水冲得七零八落。河堤危在旦夕！

在这千钧一发之际，分队长谭振兴、王自力立即带头跳进了水里，说时迟，那时快，接着，丁早瑞、张民国等10多名工人也跟着跳了下去。他们手挽着手，在齐腰深的水里用身躯挡住了洪水的冲击。

岸上，职工们忙着装袋、扛包，全力以赴抢修河坝。

无数的沙袋投下去了，又筑起了一道坚硬的堤坝，经过数小时的战斗，险情排除了，大桥保住了，但是，不少抢险职工在工地上的房舍却被洪水冲走了。

1987年12月17日，武水桥架通了。1988年10月30日，曲江桥也架通了。

桥梁上列车飞驰而过，桥梁下河水滔滔日夜奔流，而建桥工人们又走上了新的工地。

争分夺秒抢建铁路铺轨工程

1986 年仲夏，正在建设的衡广复线建设工地上，建设者们抢时间、争速度，在高出地面几米的路轨上紧张施工。

列车在铁路上轰隆隆地驶过，而下面，10 多个工人全神贯注地把一个预制好的涵管顶进路基。

他们在车轮底下开挖涵洞，挖一点，就把涵管往路基里顶进一点。

大家提出一个响亮的口号：

车轮底下抢速度。

修筑衡广铁路复线是在原有的铁路线上施工。现有的衡广铁路线，运输相当繁忙，平均 12 分钟就有一列车通过，行车密度已经近乎饱和。

1986 年，复线工程已经全面铺开，运输又不能减少，更不能停止，施工与运输的矛盾十分突出。

全线新老铁路互相穿插的有 160 多处，接通新老线路的拨接工程，是最紧张的工程。

6 月 25 日 4 时，铁道部第五工程局四处经过实地演习后，1200 名职工来到了工地上，做好了拨接前的准备

铁路施工与建设

工作。

6 时 40 分，最后一列在旧线上行驶的火车呼啸而过，1200 名职工如同听到了号令一样，他们冲上各自的工作岗位，开始拨接。

有些人拧开了旧路轨的螺丝，有些人有节奏地拿起钢钎撬拨旧路轨，使它与新路轨相接。

经过一个半小时的紧张施工，这段复线提前 30 分钟接通。

大家望着一列又一列提前通过新复线区段的火车，心里感到高兴而激动。

大家都说："提前接通一分钟，仅在运输方面就可以增加一万元的收入，怎么能不和时间赛跑呢？"

现有的衡广铁路，有很多路段路轨是紧挨着山边的。修新线要把一些山头炸开搬掉，这样，就有不少的爆破点离路轨只有两米左右。

当时，每次爆破封锁线路只有 5 至 20 分钟的时间，建设者们必须尽快完成爆破任务。

五局四处助理工程师杨柏林被人们称为"控爆专家"，他与大家一起研究出了维护路轨和行车安全的防护措施。

他们在山边打一排钢轨排架，防止爆破时大石滚到路轨上。

每次爆破，大家都事先组织好人力，训练好人员，利用封锁线路的短暂时间，迅速用旧轨木盖住现有铁路的钢轨，用竹排覆盖枕木，防止炸开的石头打坏铁路。

爆破过后，他们马上拆除防护物，让列车通过。

杨柏林这两年一直吃住在工地，他每到一个爆破点，都与有关设计人员一起根据不同的山体、不同的石质，制订出不同的控制爆破施工方案。

每次爆破之前，杨柏林都日夜进行精确计算，并亲自培训工人。

从 1984 年 3 月到 1986 年 6 月，这个工程处控制爆破 1041 次，没有发生一次事故，没有一次危及行车安全。

而这两年中，杨柏林所计算的数据资料也足够装满两个大木箱了。

在控爆破施工最紧张的那段时间，杨柏林家里电报接连打来了好几封：

　　家里危房急修，快回。
　　孩子生病，速归。

尽管家里催得很急，但杨柏林却都没有回去过。

1986 年 6 月，家里又来了电报：

　　母亲病重，速回。

杨柏林的老母亲已经 80 多岁了，是他最大的牵挂。

但这时，杨柏林正在兄弟工程处帮助培训工人，推广控爆经验。他只好回信给母亲说："儿忠孝不能两全，儿负责的爆破工作十分重要，如果弄不好，就会耽误整个衡广复线工程……"

像杨柏林这样的情况并不在少数，五局四处六队 300 多名职工，仅 3 个月中，就有 68 人接到家里的电报，有的是妻子病重，有的是缺人插秧等，都是十分紧急的事，但是，他们并没有一个人肯离开工地。

仅上半年，就完成投资额相当于 1985 年全年投资总额。

上半年全国进入广东省的货物量比上一年同期增长 10%，广东运往全国的货物量比去年同期增长 15%。

这时，大家都会想起工地上的一幅大型标语：

劈山斩水，显英雄本色；
筑路架桥，展壮士豪情。

旱季攻势修建衡广连源段

1986 年 9 月 6 日，铁道部第二工程局衡广复线指挥部在连源段现场召开誓师大会，动员全体参建职工大干 120 天，掀起"旱季攻势"施工高潮。

1985 年底，衡广复线全线的桥涵、隧道、土方等主要工程量分别完成总量的一半左右，各参建单位所管辖的地段施工全面铺开，但唯有连源段仍然是一片空白，寸土未动。

连源段位于广东省境内，北起英德县的连江口，南至清远县的源潭，全长 40 多公里。但由于受到广东省地方重点工程飞来峡水库设计方案迟迟未定的影响，连源段连勘测设计工作也没有开始。

这样，就使这个既没有长大隧道，又没有特大桥涵的区段，竟然成为衡广复线建设总工期的重点区段和制约因素。

万里讲话后，衡广复线建设由"八年持久战"转为"三年决战"。但连源段却没有充足施工时间，因为还要扣除勘测设计、施工筹备、架线铺轨及提前工期等因素，这样算来，实际施工时间也就只有一年半左右。这还不包括气候等不利条件的干扰和影响。

时间紧，任务重，工程艰巨，无论是由谁来承担这段的施工，都必将是一场艰苦的战斗。

铁道部第二工程局奉命承担了这一艰巨的任务。

大家看到，连源段的工程量在复线全线剩余工程问题中占有相当的比重，全长不到复线总长十分之一的区段却占全线剩余工程量的三分之一！连源段中小隧道、桥梁、涵渠集中，在这 40 多公里的区段内，就有隧道 10 座，桥梁 27 座，涵渠 121 座，其延伸长度竟占全段总长的四分之一。

1986 年 9 月 6 日的誓师大会与众不同，没有热烈激昂的气氛，大家一个个冷峻、严肃，因为他们都清楚，全年时间已经过去三分之二，任务却只完成了三分之一，而主要工程实物指标却还没有一项超过 5%。

指挥部领导说：

> 形势严峻，迫使我们只有破釜沉舟，背水一战，可以说，此次"旱季攻势"是留给我们的最后一次战机，其成败关系到连源段能否顺利建成，关系到复线全线能否按期开通。

可是，偏偏在这关键时刻，作为施工主力队伍的五处处长却没能如期到场。为此，局领导和局复线建设指挥部断然作出决定：

> 就地免职！

段的施工，都必将是一场艰苦的战斗。

这次会议的"斩将誓师",在整个连源段工地上引起了强烈的震动,使二局全体职工激发出一种前所未有的紧迫感。因为大家都说:"平心而论,五处处长在以往工作上一向兢兢业业,勤勤恳恳,而这次误期也并非因为个人的私事。但他错就错在缺乏一种紧迫的时间感。"

因此,大家现在头脑中只有一个概念:时间!

为了争取时间,在连江口电站施工中,站长彭国栋率领60余名职工硬是靠自己的一双手、一副肩,将120多根几百公斤重的水泥电杆和16公里长的高压输电线架设在群山之中,仅用了20天时间便把一个荒山坡变成了一座由6台发电机组组成的电站。

这样,就能及时发电,及时向工地供电。

在琶江口材料集散场、桥梁预制场、轨排作业场的"三场"施工中,机筑处五分队的司机们顶着烈日,冒着酷暑,昼夜汗水不停。

中暑昏倒了,他们醒过来继续干,胯裆沤烂了,他们补一补接着干。就这样,数以几万、几十万吨计的土方在很短的时间里被他们用4只车轮子抢运一空。

在塘底坑大桥的施工中,五处十一队50多名职工凭着一腔拼劲,一个个钻进深达12米的狭窄桩孔里,一小时换一班,用铁锹和箩筐挖出难以计数的烂泥和石砟,仅用了83天的时间便建成了这座高23米、长达133米的双线铁路大桥。

在整个连源段施工中，二局 8000 余名职工夜以继日顽强奋战，接连创造了桥梁施工月成桥双千米、隧道施工月成洞双 300 米和土方施工年突破 350 万方等一连串的新纪录。

120 天大干过去了，他们按投资指标超额完成年度计划的 3.7%，建安价值超额完成年度的 7.8%，路基土方超额完成年度计划的 17%，桥梁成桥超额完成年度计划的 19.9%，涵渠成涵超额完成年度计划的 22%，隧道成洞超额完成年度计划的 18.9%……

1988 年 4 月，衡广复线连源段提前胜利迎接铺轨，他们终于夺取了"三年决战"的初战胜利。

紧张修建郴韶段电气化工程

1986 年 8 月，电气化工程局二处投入了衡广铁路复线郴韶段，与五局电气化处一起，进行电气化建设的紧张施工。

在每天有 29 对列车运行的繁忙运营线上，他们利用行车间隙进行施工。在瑶山深处、武水河畔，多数为深岩层，在这种地质技术条件十分恶劣的情况下，要竖起数不清的铁塔、支柱。

当时作业车进不来，甚至连便道都没有，大家面对几十吨、成百吨的材料设备，就全凭着手提、人拉、肩扛来完成。

二处的广大职工，克服了重重困难，冲向了技术的、环境的、运输的、时间的难关，创造了一个个惊人的业绩。

他们克服艰难险阻，将数字通信、程控交换机、远动控制、无线列调等一套套、一台台从日本、西德、英国、瑞典等国引进的被称为"八国联军"的设备进行了安装调试。

泄漏同轴电缆接续，这种要求高、技术难度大，每个接头原来大约都需要 4 个半小时，经过勤学苦练的电化工人的艰苦努力，只需 3 个半小时。全线 379 个这样的接头，他们都高质量地完成了。

他们在衡广线上每天列车运行的间隙，进行放导线的立体交叉施工，其难度之大和场景之险，绝不亚于演技高超的杂技演员的惊险表演。

一列火车从二股道呼啸而来。车站调度一声命令：

喂！喂！二股道电化放线完毕，开通二股道；作业车进入三道封闭三道！

10多分钟后，三股道放线完毕，作业车转入四股道，又一列火车从三股道疾驰而过。

这样，全副武装的电化工人们与飞奔的火车争速度，抢时间，他们在列车运行间隙飞跑在根根铁轨上，攀铁塔，下锚段，上螺帽，紧导线……

结束了紧张激烈的放线作业，他们便进入了高空调整作业，地上来往奔驰的列车上空，是电化工人作业的工地，他们脚踩银线走空中，卷体向上做吊悬，单臂抱杆拉出值。

当火车零担短途发货受阻的时候，二段一队的工人们毫不犹豫地掏出自己的奖金租来车辆，把急需用料送到工地。

他们人拉肩扛，把成百吨的电缆牵进了大瑶山隧道，将47台通讯中继器手提身背送上山峰。

1986年8月郴韶段电气化上马，到1988年8月，由于先期工程以及材料设备的影响，只完成了总工程量的70%，而开通的日期就在眼前了，必须在后面两个多月里完成总工程量的30%。

面对这种情况，大家都表示：

为广东人民献上第一条电气化铁路！剥下三层皮，也要确保工期。

为了闯过"前松后紧"的难关，他们完全打破了常人的生活规律，白天不施工就夜里干，此处不能就另处干。

为此，大瑶山隧道给他们让出了三天的时间，二段一队工班长方永吉带领 8 名队员立即奔进洞里。

他们带上了三天的粮食，饿了就啃几口馒头，渴了就喝几口凉开水，困了就裹着棉大衣在道床上歇一会儿，终于，他们战胜了潮湿和缺氧的艰苦环境，硬是在洞壁上打出总长度为 450 米的 3000 个洞眼。

当时，接触网的施工急等悬吊滑轮，早就从天津某厂订购了 46 箱货，但却迟迟发不过来，而前方已经告急。

材料员张喜来带着两个人火速赶往天津，他们租用汽车把货物运到了北京，当场把情况向 47 次列车长诚恳地解释了一番，终于破例把货物搬进了宿营车里，而他们三个人则挤在无座的车厢里煎熬了 30 多个小时，把滑轮及时运到了工地。

在电气化冲刺阶段的紧张施工中，他们有的母亲生病无法回家探望，有的妻子生产不能回家照料，他们思念着家里的亲人，但更牵挂国家的事业。

轨道司机黄忠权 1986 年离家的时候，妻子正怀着孕，两年的紧张施工，使他没有办法抽出时间回家看望，女儿出世了，都会叫爸爸了，但还没有见过爸爸的面。有一次，黄忠权喝着酒，他竟然拿起一个包，抱在怀里喊着："爸爸回来了，宝宝，爸爸回来了。"

1988 年 11 月 26 日，衡广铁路复线电气化乐昌韶关段投入使用。

远动工程是引进日本日立公司的产品，也是我国铁路第一次使用的最新技术。

自 7 月 7 日以来，经过铁道部电化局二处领导、工程技术人员和施工人员的共同努力，安全、优质地安装、调试完了所有软硬件设备。

经日方专家测试，各项技术性能均达到设计要求。

打通中国最长的大瑶山隧道

1987年5月6日，世界十大隧道之一、中国最长的隧道衡广铁路复线大瑶山隧道贯通。

大瑶山隧道在广东省境内南岭山脉南端的大瑶山区。在崇山峻岭中，这条隧道长14.295公里，是中国最长的双线电气化隧道。

1982年4月底，衡广铁路复线重点工程大瑶山隧道，已开挖双线1400米，其中成洞800米。

施工中的最大难题是地质结构复杂，岩石风化严重，断层众多，涌水量大。

建设者们在极其艰难的环境中掘进，征服了地质断层。

为了科学地组织这一巨大工程的施工，担负施工任务的隧道工程局根据这座隧道三个斜井，一个竖井和进、出口共6个工区的总体情况，部署了两个工程处的施工力量。

从1982年1月，隧道工程局机关的80%以上的干部从河南洛阳迁到了广东乐昌，就地指挥和解决施工中遇到的问题。

在第四勘测设计院和有关部门的大力配合下，施工队伍已经达到3500多人，修建了施工便道66公里，架设

铁路施工与建设

高压电线 86 公里、通信线路 70 公里。

三个斜井，一个竖井和进、出口相继全部开工。

大瑶山隧道是按新奥法原理指导设计与施工的。新奥法指的是在软弱岩层中修建隧道时，开挖后立即喷射水泥混凝土作为临时支撑，必要时加锚杆以稳定围岩，然后再进行衬砌的施工方法。

新奥法是在利用围岩本身所具有的承载效能的前提下，采用毫秒爆破和光面爆破技术，进行全断面开挖施工，并以形成复合式内外两层衬砌来修建隧道的洞身，即以喷混凝土、锚杆、钢筋网、钢支撑等为外层支护形式，称为初次柔性支护，系在洞身开挖之后必须立即进行的支护工作。

因为蕴藏在山体中的地应力由于开挖成洞而产生再分配，隧道空间靠空洞效应而得以保持稳定。

也就是说，承载地应力的主要是围岩体本身，而采用初次喷锚柔性支护的作用，是使围岩体自身的承载能力得到最大限度的发挥，第二次衬砌主要是起安全储备和装饰美化作用。

1982 年 6 月 25 日，我国第一台四臂液压台车开进大瑶山隧道工地。

台车进洞初期，每月成洞约为八九十米，经过一段时间的实践，隧道建设者们的技术水平和管理水平日益提高，到 1984 年头 7 个月平均月成洞近 130 米。6 月，三处一队还创造了成洞 201 米的高产纪录。

另外，隧道建设者在学习吸收国外先进科学技术之后，根据这里的实际情况，进行了创新和提高，因此，他们的深孔爆破率达到 95% 左右。

一位外国土木专家表示：

　　我很敬服中国技术人员和工人在这项工程中表现出的认真和顽强精神，如将大瑶山隧道的施工经验整理出来，这些经验所创造的价值将无法估量。

大瑶山隧道勘测设计和施工的新理论、新技术、新设备，是中国隧道建设技术的一次飞跃，获国家级科技进步特等奖，是铁路隧道技术进步的里程碑。

1986 年 8 月 8 日，大瑶山隧道已经进入施工的关键阶段，目前只剩下不到 1000 米了，建设者正在全力奋战，力争早日打通这条我国最长的双线隧道。

最后一段隧道位于地质情况十分复杂的 9 号断层。这里岩石破碎，涌水量大，是整个大瑶山隧道施工中最大的障碍。

施工中，顶部涌水如注，间有阵发性涌泥，掌子面下部积水成河，滚滚流动。

一些外国专家前往考察后认为，这样险恶的地质条件在世界隧道施工史上也是少见的。

为了顺利通过 9 号断层，铁道部在组织几十名专家

铁路施工与建设

献计献策的基础上，大家反复研究，制订了攻关方案。

大家加紧开挖迂回导坑，进行超前水平钻探，进一步探明 9 号断层的水文和地质情况，准备稳扎稳打，步步为营，打好大瑶山隧道施工的最后一仗。

1986 年 7 月 1 日，担负隧道出口端一侧施工任务的第三工程处调兵遣将，迅速组成了一支 130 人的平导突击队，文家林做突击队队长。

平行导坑施工要抢时间，争速度，风钻工常常冒着涌水打炮眼，下来后全身汗水往外直流。

放炮之后，突击队员就冲到掌子面，打开高压风，手握风管排烟，驱使炮烟尽快扩散，争取提前出渣。

发生塌方时，他们拿起草袋，扛着木料，冒着生命危险，以最快的速度控制塌方。

大家只有一个信念：

早日挖开平行导坑，为正洞施工探明地质情况。

工程师张育英刚刚在大瑶山工地度过 66 岁生日，他就奉命来到平导突击队当技术顾问，加速平导的施工进度。

大家看着张育英一天天同他们一起摸爬滚打，担心他身体吃不消。张育英却笑着说："我的身子挺硬朗，你们别担心。"

张育英及时总结了施工的经验教训，迅速调整了施工方案，使工效提高了一倍以上。

一天凌晨2时，掌子面又发生了塌方。张育英一听就一下从床上爬起来，翻资料，查书本，反复研究、分析、比较，一直到天亮才想出解决的方案。于是，他立即下到坑道里，亲自指挥工人们操作，直到把塌方控制住，张育英才松了一口气。

平行导坑在一米一米地向前延伸，地质情况也越来越坏，后来，导坑里四面涌水，每天涌水最多的时候达到三万多吨，而且很大，碱性也重，整个导坑变成了一条河，出渣的电瓶车成了电瓶船，只好在水里运行。

突击队员们穿上雨衣仍然被冻得直打哆嗦，领导们为他们送去了酒，让他们喝几口酒再干。

就这样，前后经过7个月时间，平行导坑终于挖通了。

1986年9月11日上午8时30分，大瑶山隧道出口端正式进入9号断层边缘设计里程，出口端的施工重点已经转移到迂回导坑的开挖工作上。

8月15日，正洞曾出现了自开工以来最大的一次塌方，致使工程进展一度处于停滞状态。为了加快施工进度，使正洞早日顺利到达9号断层设计里程，负责施工的三处一队采取了各项有效措施，以惊人的速度迅速处理塌方，大家仅用了16天时间便恢复了正常施工，继续向9号断层掘进。

8月的一个星期天，年过半百的隧道局指挥部指挥长吴鸣冈驱车赶到现场，他看到工人们冒水作业的艰难情景，就决心把工作面涌水的情况摸清楚。

吴鸣冈说："我上去看看。"说着就脱掉了外衣。

在场干部和工人再三劝阻："吴大帅，太危险了，您不能上。"他们一直称呼吴鸣冈为"吴大帅"。

吴鸣冈坚决地说："没有事的。你们不是天天这样干吗？你们能做到的，我'吴大帅'更应该做到！"

一队教导员李兴荣见吴鸣冈态度坚决，便抢先走在前头陪他上去。

吴鸣冈在腰间利索地系了根绳子，踩着塌方后还来不及清理的乱石堆，爬上了拱架，钻入进人孔，奋力向上攀登。

水还在不断地喷涌，吴鸣冈连眼睛也睁不开，每前进一步，都得使出全身的力气。

吴鸣冈在塌体里仔细地察看了涌水的情况，等他吃力地从洞内爬下来的时候，嘴唇已经冻得发紫了，但他终于想出了一个治理涌水的好方案。

9月22日，广东省省长叶选平和副省长杨德元带领省政府有关部门和地方政府的负责人，深入到大瑶山隧道工地，具体帮助解决施工中遇到的实际问题。

叶选平和杨德元向在隧道出口端负责施工的三处干部、技术人员了解关于9号断层的施工情况。

随后，叶选平等人头戴防护帽，身披风衣，脚穿长筒水鞋，从出口端进入隧道，细心察看岩层、水质、拱顶和通风设施等，他们不时停下来向值班的工人握手问好。

叶选平在与干部、工人的交谈中，听负责施工的三处领导反映，开挖隧道的机械设备需要维修，急需一批进口配件，但是手中缺少外汇。叶选平说："尽管今年省里的外汇指标已经用完，但还是要破例拨一笔调剂外汇指标，给隧道解决燃眉之急。"

另外有人反映，一批老工人退休及其子女的就业问题亟待解决，有一些符合政策的工程技术人员的家属"农转非"问题仍需继续解决。叶选平说："这两个问题由杨德元副省长出头，请你们和省的计划、劳动、公安部门协商研究解决。"

杨德元接着说："叶省长开了口，我就来做'红娘'，请你们和有关部门抓紧派人到广州，一起专题研究，逐个妥善解决。"

杨德元并立即开了介绍信，乐昌县汤县长也表示要逐步解决"农转非"问题。

11 月 21 日，大瑶山隧道工程已经贯通 14 公里，只剩下一点零头还没有贯通。

工程人员说："但剩下的这点也是场恶仗，因为最后所要穿越的正是 9 号断层。"

隧道局有关负责人说："9 号断层是广东省乐昌县境内九峰山大断裂带的主断裂部分，约有 400 米长。根据地质勘探预报，这条断层地质复杂，是全隧道施工最艰难的地段。"

有关部门为此成立了由 42 名科技人员组成的 9 号断层技术攻关小组，并开挖了一条 550 米长的平行迂回导坑，以探明地质情况和减轻正洞的水压。

这些专家们尽管已经头发斑白，有的还有病在身，但他们都不讲究工作生活条件。

负责指导支护衬砌的工程师张家识戴着一副深度近视眼镜，他用绳子把腰一系，就跟着工人们上班去了。不管白天还是黑夜，每天挖一个工作面，张家识都要先上去和工人们一起研究对策。

为了解决当今世界上还没有方法解决的"软弱围岩大断面通过"问题，张家识经过研究之后，便建议采用钢拱加管棚、加强喷锚支护的办法。

为了让工人们懂得施工技术要点，张家识除了一个班一个班地仔细讲解之外，他还把施工要领编成了一个顺口溜：

> 管超前，少扰动，
> 早喷锚，强支护，
> 紧封闭，勤量测。

即使是这样，张家识还是不放心，因为采用管棚法要架设钢拱，绝对不能架歪了，根基不牢，就会发生危险。于是，他便随着工人们一个个地架设，一旦发现有不符合要求的，立即毫不客气地要求返工重架。

就这样，"软弱围岩大断面通过"的问题终于被解决了。

进入9号断层施工，工人们斗涌水，战塌方，干部和领导处处都同他们在一起。

在与9号断层搏斗的日日夜夜里，不论是指挥长，还是工程队的分队长，哪里有危险，他们就会在哪里出现。

为了治理涌水，分队长杨开礼带病仍然坚持工作。整整一个星期，他的声音都嘶哑了。

二队长周道中为了带领工人战胜施工中遇到的板结土层，常常一天要上两个班，人太累，手也被震麻了，有时吃饭的时候连碗筷也拿不稳。

1987年3月5日，国务院副总理李鹏在丁关根陪同下来到大瑶山，他看到工人们在极其艰苦的环境中英勇奋战的情景，就问道："你们靠什么？"

隧道工程局的人都回答："我们靠献身精神。"

李鹏说："你们讲的献身精神非常重要。"

1987年5月6日，万里按动爆破电钮，随着一声胜利的炮响，大瑶山隧道终于胜利贯通了。

整个工地欢呼雀跃，鼓掌声和欢呼声此起彼伏，响彻整个大瑶山区。

万里出席了大瑶山隧道贯通的庆祝大会，他说：

我代表党中央、国务院，感谢你们，祝贺你们在祖国铁道建设中取得了又一次重大胜利。

大瑶山隧道，我已来过两次，这是第三次，深有感受。

第一，我赞扬铁路职工顽强拼搏、严守纪律的精神。这种精神就是毛主席倡导的愚公移山精神，一不怕苦、二不怕死的革命精神。像大瑶山隧道这样的艰巨工程，如果没有不怕苦、不怕死，为了祖国人民、为了子孙后代而奋勇拼搏的革命精神，是不可能完成的。你们为铁路建设转战东西南北，克服艰难险阻，取得一次又一次的胜利，靠的就是这种革命精神。为了我们远大理想和祖国四化建设的宏伟事业，全国人民都要学习这种革命精神，希望你们继续发扬这种革命精神。

第二，有了远大理想，有了不怕苦、不怕死、艰苦奋斗、勇于拼搏的革命精神，还要依靠科学，依靠技术进步。革命精神可以战胜困难，创造奇迹，革命精神和科学精神结合起来，就更成为无敌的力量。大瑶山隧道建设过程中，依靠群众智慧，运用已有的经验，并在技术上有所创新，采用了新工艺和新的技术设备，解决了工程上一个又一个的难题。我们搞改革、开放，就是要认真总结群众的经验和创造，并不断学习现代新的科学技术，其中包括国外的先进技术和先进经验。在这里，对外国朋友给予的各种技术帮助，我们表示深切的感谢。

第三，大瑶山隧道的贯通，树立了铁路与地方团结协作的模范，特别令人满意。这次工程的胜利完成，同广东省、湖南省以及衡广复线沿线各地、县的党政部门及各村的村民的大力支持分不开。铁路施工和运输的团结协作搞得很好。在施工十分紧张的情况下，运输量有增无减，做到施工、运输两不误。如果没有这样高度的团结协作，隧道贯通就不会这么快。团结协作是我们社会主义国家的优越性，只有在我们社会主义国家，在共产党领导下才能最好地体现出来。既体现了党的领导，又体现了人民顾全大局。在今后的建设中，要继续加以发扬，进一步搞好团结协作。

第四，搞基本建设首先要正确决策。加快衡广复线建设的决策是正确的，是科学的。决策之后，精心设计、精心施工，集中精力打歼灭战，从人力、物力、财力上给予保证，使建设项目早使用、早投产，多争取一天，就能早一天发挥经济效益和社会效益。最后，再一次向同志们表示感谢。

同日，国务院及国家计委、铁道部为大瑶山隧道贯通发来贺电。

国务院的贺电中说：

大瑶山双线铁路隧道全程贯通，是我国铁路隧道建设的重大成果，对于加快衡广铁路复线建设，适应改革、开放、搞活的需要，促进华南地区经济发展具有重要意义。国务院向参加大瑶山隧道建设的工程技术人员、工人和干部同志们表示热烈的祝贺和亲切的慰问……广大隧道建设者们……战胜了一个又一个困难，创造了一个又一个新纪录，胜利地完成了建设任务，在我国铁路建设史上写下了光辉的一页……

铁道部在贺电中说：

值此，特向战斗在隧道建设第一线的广大工程技术人员、工人和干部致以热烈的祝贺和亲切的慰问！向参加隧道施工、设计、科研、建设的所有单位，向为隧道建设作出贡献的所有人员，表示衷心的感谢！

广大建设者以极大的政治热情和高度的责

任感，不怕苦，不怕累，风餐露宿，艰苦创业。以大无畏的英雄气概和严肃的科学态度，战塌方、治涌水，锐意进取，顽强拼搏，高速度、高质量、高效益地贯通了全长 14.295 公里的大瑶山隧道，在我国铁路史上树立了一座丰碑。

就在同一天，《人民铁道》发表了孙永福写的文章《宏伟的工程，光辉的篇章》，称赞大瑶山隧道的胜利贯通，阐述其伟大的意义。

孙永福说：

位于粤北瑶山山区的大瑶山隧道，经过 5 年多的艰苦奋战，大瑶山隧道已经胜利贯通了。广大隧道建设者用自己的辛勤劳动和聪明才智，在中国铁路建设史上，写出了光辉灿烂的新篇章。

贯通大瑶山隧道的一声炮响，结束了我国不能修建 10 公里以上长大隧道的历史，使我国铁路隧道建设跨入了世界先进行列。

大瑶山隧道的建设方案，充分表现了广大勘测设计人员勇于向长大隧道进军的开拓精神。

大瑶山隧道建设，基本实现了安全、优质、低耗、高效的要求。

大瑶山隧道的贯通，是我国铁路隧道建设

现代化的一个新起点。目前，交通运输仍然是我国国民经济的一个突出薄弱环节，发展隧道事业有着十分广阔的前景。

我们要发扬大瑶山隧道建设的光荣传统，进一步学习、应用世界先进技术和管理经验，在振兴中华的长征路上，穿越更多的崇山峻岭和江河湖海，修建更多的都市地下铁道和其他地下工程，为伟大的社会主义建设事业作出更大贡献。

大瑶山隧道双线全部铺通

1987 年 5 月 6 日，在参加了大瑶山隧道贯通庆祝会之后，衡广铁路复线建设领导小组在乐昌返回广州的列车上举行了第三次会议。

会议由铁道部部长丁关根主持，铁道部副部长孙永福、广东省副省长匡吉、湖南省副省长俞海潮、国家计委重点二局局长丁俊彦出席了会议。

会议听取了铁道部衡广复线建设指挥部负责人关于衡广复线建设情况的汇报。

之后，与会人员就大瑶山隧道胜利贯通、国务院贺电和万里在大瑶山贯通庆祝大会上的讲话精神，进行了热烈的讨论。

大家认为，国务院贺电和万里的讲话，是对衡广复线全体建设者和人民群众的极大鼓舞，是加快复线建设的有力动员，一定要在全线广泛、深入地宣传贯彻，做到家喻户晓、人人皆知，要按照中央领导的指示精神，保证质量，保证安全，提前建成衡广复线。

领导小组成员一致认为，当前衡广复线建设形势很好。在党中央、国务院的亲切关怀和湖南、广东两省的大力支持下，经过建设者们的日夜奋战、共同努力，全线从 1986 年起已经形成了施工的高潮，开通了 18 个区段

90.7 公里复线，直接扩大了运营能力。

大家还认为，1987 年前 4 个月完成计划也很好，与会小组成员充分肯定了复线建设取得的成绩和经验，对铁道部衡广复线建设指挥部去年的工作表示满意，并同意他们对今年全线工作作出的安排。

会议对需要湖南、广东两省和铁路部门解决的有关征地、拆迁等方面的较大问题，经过协商、讨论，很快取得一致意见，顺利予以解决。

会议指出：

复线沿线各级政府和支铁部门的同志，为复线建设做了大量工作，保证了工程进度的需要。

会议批准了铁道部衡广复线建设指挥部的建议，对湖南、广东两省在复线建设中作出显著贡献的 12 名人员，授予"开路先锋"奖章。

会议强调：

今后衡广复线建设任务仍然很艰巨，各单位必须严格要求，确保施工安全和运输安全，努力开展创优活动，确保 1988 年全线胜利开通，并力争提前。

丁关根在会上讲了话，他说：

　　万里同志对衡广复线建设工作给予了高度评价，对整个铁路工作都有重要意义，全路要传达、学习。

　　复线建设各单位深入开展"双增双节"运动，严格控制工程概算，对设计要进行认真复查，精打细算，节约投资，节约用地，降低造价。

　　全路各单位都为"南攻衡广，北战大秦，中取华东"三大重点工程作贡献，不准敲竹杠。

　　复线施工今年由区间转到站上，衡广运输与施工的配合问题是今年衡广复线能不能打胜仗的关键问题，要把施工重点纳入运输计划。运输要对施工需要给予保证，施工部门要十分珍惜"天窗"时间，事先做好准备，充分加以利用。

　　团结协作是衡广复线建设很重要的一条经验，运输、施工一定要配合好。

　　衡广复线要出成果，出人才，认真总结经验，选拔优秀中青年干部充实基建领导部门，要继续发扬"顽强拼搏，依靠科学，团结协作，创新开拓"的衡广精神，加强思想政治工作，把强有力的思想政治工作做到工作岗位上去，大力宣传复线建设中的英雄、模范事迹，做到两个文明一起抓，两个成果一起拿。

12月1日，举世瞩目的衡广复线大瑶山隧道进口端，一辆铺轨机在鞭炮声中缓缓地抵达洞口。至此，大瑶山隧道施工已经进入最后铺轨阶段。

大瑶山隧道自5月6日全程贯通以后，半年来，隧道建设者们又经历了重重难关，于11月25日完成了隧道拱部衬砌和边墙衬砌。

担负大瑶山隧道铺轨任务的铁五局职工，他们提前铺轨到大瑶山洞口，并在罗家渡建好铺轨作业场，自制成功双向龙门吊铺轨机，进行了拼装轨整板的攻关，生产了12.6公里轨排，保证了大瑶山隧道铺轨的需要。

12月26日21时40分，随着一声长笛，第一列列车在鞭炮声中缓缓地驶出大瑶山隧道。

铁五局新运处铺轨队的全体职工，自12月1日开始铺轨以来，他们先后创造了日均铺轨1.243公里的衡广复线铺轨最好成绩和日铺轨1.8公里的国内铺架宽轨枕板的最高纪录。

至此，大瑶山隧道铺轨工作已经全部顺利完成，比原计划提前了5天。

10月初，大瑶山隧道主体工程竣工后，洞内绝大部分地段基本达到了电气化列车通过时所必需的防水干燥标准，只有隧道内距出口端7.8公里的9号断层下盘处约

40 米长地段涌水不断。涌水量每昼夜达 3000 吨，造成部分混凝土路基地面断裂、上拱移位，迫使原定全线双通日期不得不延迟。

1987 年 10 月 18 日，大瑶山隧道 9 号断层再次突发涌水。

10 月下旬，孙永福又率领第四设计院、隧道局、广州局等各路治水专家，奔赴现场，对大瑶山隧道治水过程再次进行论证。

专家们认为：该涌水地段，通过长期压浆，水的通道一般已经堵死了，9 号断层内部的水流已经被压缩集中在约 5 米长的范围内。如果继续采取以堵为主的方案，其涌水点可能引向 9 号断层中部的断层泥带和 9 号断层转岩衬砌好的较薄地段。

为根治这一潜在危害，专家们吸取国外长大隧道治水经验，因地制宜，确定了"排堵结合，综合治理"的方案，在边墙底部埋管引水，经中心水沟排出，从而减轻了山体内部水流对隧道的压力。

1988 年 1 月 7 日下午，衡广铁路复线建设领导小组第四次会议在广州召开。丁关根、孙永福、匡吉、俞海潮、丁俊彦出席了会议。

在这次会议上，充分肯定了衡广复线建设 1986 年的首战告捷，1987 年取得决定性胜利的成绩。同时，提出了 1988 年夺取衡广铁路复线建设全胜和提前建成开通的要求等。

8 月 4 日，大瑶山隧道双线全部铺通。

11 月 6 日，经过将近一年的艰苦努力，终于完成了整个治水任务。

五局新运处进行积极的配合，在 8 日，治水处就重新铺好了钢轨，准备迎接火车即将穿越大瑶山长隧道的伟大时刻。

四、 铁路通车与运营

● 李国文说:"第一,我是老铁路了,对新线建设熟悉;第二,我是中国铁路文工团的创作员,为铁路工人唱颂歌是责无旁贷。"

● 方舒说:"隧道工人日复一日,年复一年,体现了中华民族坚忍不拔的精神。"

隆重举行衡广复线通车典礼

1988 年 12 月 16 日，衡广铁路复线通车庆典在新落成的韶关火车站举行。

14 时，通车典礼在雄壮的国歌声中开始。

会议由铁道部衡广铁路复线建设指挥部副指挥长刘大椿主持，国务院总理李鹏在通车典礼上讲了话。

李鹏指出：

衡广复线的建成通车，是我国铁路建设史上的一件大事。党中央、国务院向你们表示热烈的祝贺，向参加复线建设的全体工人、工程技术人员和干部，表示热烈的祝贺和崇高的敬意。

这条铁路复线，施工难度大，技术要求高，它的建成，标志着我国铁路建设已经具备一个比较高的水平，反映了广大建设者们坚持改革、依靠科学、顽强拼搏、团结协作、创新开拓的精神，为我国铁路干线的技术改造树立了一个成功的范例……

铁路运输是我国大交通中的主力和骨干，在我国经济发展和社会发展中占有举足轻重的地位。当前，铁路的运输能力远不能适应改革开放、经济发展、人民生活的需要，是一个突出的薄弱环节。铁路建设任重道远，责任重大。

希望你们认真总结、推广衡广复线建设的成功经验，谦虚谨慎，戒骄戒躁，发扬成绩，继续前进，为我国的四化建设作出新的贡献。

李鹏的讲话结束后，会场掌声四起，但李鹏放下讲稿，他继续说："稿念完了，下面我再讲几句。"
顿时，会场安静极了。
李鹏针对当前的铁路工作，强调指出：

今年以来，铁路工作既有成绩，又有不少问题。现在正进入运输高峰，客运紧张，运输繁忙。我借此机会通过你们向全路 300 万职工转达：要求重点保证安全生产，安全运输，为顺利完成春运作出应有的贡献。

14 时 52 分，李鹏亲自为衡广铁路复线正式通车剪彩。李鹏为衡广复线通车题词：

贯通湘粤南北，支持改革开放。

随后，大家听到"呜呜"几声划破粤北山城长空的汽笛声，披挂着大红彩带、彩球的韶山一型 0738 号电气机车牵引的一列客车，从韶关火车站向衡阳方向徐徐开出，衡广铁路复线宣告全线正式通车，历时 10 年的宏伟工程终于建成。

从此，我国南北大动脉京广线实现全部双线运行。

前来参加通车典礼的铁路建设英雄模范人物和先进集体的代表，都沉浸在欢乐而激动的气氛中。

参加通车典礼的还有：铁道部部长李森茂，广东省党政负责人林若、匡吉、张高丽，湖南省党政负责人熊清泉，以及国家有关部门和湘、粤两省沿线市、县的负责人。

国务院副秘书长李世忠宣读了国务院为衡广铁路复线建成通车发来的贺电：

衡广铁路复线全线开通，是我国铁路建设的又一重大成就。国务院特向你们表示热烈的祝贺和亲切的慰问！

衡广复线是国家重点建设工程，技术要求高，施工难度大，建设任务艰巨。几年来，在全国各地区、各部门的大力支持下，所有参建单位和全体建设者坚持改革开放的方针，以极大的政治热情和高度的责任感，团结协作，顽强拼搏，精心设计，精心施工，战胜了重重困难，安全、优质、高效地实现了开通目标，创造了铁路技术的新经验，坚持既建路又育人，加强精神文明建设，谱写了铁路建设史上的新篇章……

铁道部部长李森茂宣读了铁道部为衡广铁路复线全线建成通车发来的贺电：

在党中央、国务院正确领导、亲切关怀和湖南、广东两省及有关部门大力支持下，经过5万余名建设者艰苦奋战，衡广复线提前实现了决战3年、开通全线的目标。特向你们和全体工程技术人员、工人、干部致以热烈的祝贺和亲切的慰问！

衡广复线是国家"七五"重点建设项目。1985年12月，国务院作出关于加快衡广复线建设的决定后，广大工人以高度的光荣感、责任感和紧迫感，顽强拼搏，依靠科学，团结协作，创新开拓，攻克重重难关，优质、安全、高速地完成了建设任务，实行边施工、边投产，使运量逐年递增，经济效益显著，积累了改造繁忙运输干线的新经验，发挥了思想政治工作威力，培养、锻炼了能打硬仗的建设队伍，取得了"两个文明"建设双丰收。广大复线建设者的光辉业绩将永志史册……

同日，铁道部副部长孙永福在大会上作了题为《中国铁路建设史上的光辉篇章》的讲话，他说：

衡广复线建设为繁忙运输干线进行技术改造，创出了一条新路子，在中国铁路建设史上谱写了光辉的新篇章。

复线提前开通，是党中央、国务院正确决策的胜利。在衡广复线建设的重要时刻，中央及时果断地决定加快建设进度。李鹏、万里、习仲勋、丁关根、邹家华等领导同志，多次视察工地，并作重要指示，为复线建设提出了明确目标，制定了正确方针，调动了各方面的积极性，激励了广大建设者的光荣感、责任感和紧迫感，成为推进复线建设的强大动力。

会后，李鹏等人乘彩车视察了大瑶山隧道。

列车在限速穿越大瑶山隧道，经过 9 号断层的时候，李鹏从车窗仔细观察了隧道拱墙，询问了治水的情况，他满意地说："看不见多少水了，说明治水有成效，采取疏导方法对！"

机车在罗家渡车站折返。有一群记者在月台上围住了李鹏，广东电视台的记者举起话筒，请李鹏为广东人民讲几句话。

李鹏幽默地说："复线通了，广东就好了，就发了！"

列车开始返回，机车穿过大瑶山出口后，在乐昌车站缓缓停下来。

李鹏要从这里下车赴飞机场，他早晨从北京赶来，参加完通车典礼后，还要连夜乘专机赶回北京，准备接待印度总理访华。

孙永福说："国务院总理参加铁路通车典礼，建国39年来这还是头一次。我觉得在当前改革开放调整的关键时刻，总理能出席我们的通车典礼，其意义不仅是对衡广复线建设的充分肯定，而且也是对全国铁路工作的巨大支持与鼓舞，体现了总理对铁路的厚望。"

慰问讴歌广大铁路建设者

　　自 1985 年万里到衡广铁路复线现场办公后，许多作家、艺术家、新闻记者都陆续赶往大瑶山，慰问、描写、讴歌战斗在这里的广大建设者们。

　　由 49 人组成的中国铁路文工团歌舞团已经于 12 月 27 日到达工地并于 28 日作首场演出。

　　著名作家李国文与中铁文工团创作人员也来到工地体验生活，撰写反映大瑶山工人战斗生活的各种体裁的文艺作品。

　　广州部队战士话剧团先遣人员也早已经到达这里，创作反映大瑶山工人的电视连续剧。

　　从 1986 年起，在"三年决战"中，我国新闻、影视、文艺界纷纷深入衡广复线工地采访，慰问演出，宣传和讴歌铁路建设者的精神风貌。

　　三年来，先后有中央和地方 39 家新闻单位派出大批记者来衡广复线工地采访，共发稿 1200 余篇。

　　《人民日报》、新华社、中央电视台、《经济日报》《工人日报》《光明日报》、湖南电视台、湖南人民广播电台、广东人民广播电台、广东电视台都发出大量报道……

　　珠江电影制片厂拍摄《开路先锋》纪录片；北京电

影制片厂拍摄故事片《山魂霹雳》；湖北电视台拍摄以真人真事为题材的《山之魂》《合力大潮》，及获奖电视剧《工程师们》；中铁文工团拍摄电视剧《五彩石》；中央电视台拍摄《衡广复线》纪录片，并在新闻联播节目中作系列报道。

另外，广州铁路分局拍摄电视片《魂系大瑶山》；第五工程局拍摄电视片《战斗在衡广复线》《川黔儿女为国家作贡献》；广州局工程总公司拍摄《衡广复线纪实》《顽强拼搏，辉煌业绩》《衡广复线新闻集》等纪录片；民革黑龙江齐齐哈尔摄制组拍摄艺术片《开路先锋》等。

铁道部文协组织全路 19 名专业和业余作者来衡广复线工地采访和体验生活，创作了大批作品，在北京美术馆举办了《衡广复线美术摄影展览》。

中铁文工团歌舞团、说唱团，湖南花鼓剧团、湘剧团，广东省歌舞团、杂技团，铁道部工程指挥部杂技团，铁一局政治部文工团，哈尔滨铁路局列车文工团，锦州铁路分局列车文工团等，共来衡广复线工地慰问演出235 场。

黄河文艺出版社《穿山人的爱》中有一篇潘万提作的《山谷眺望》就描写了大瑶山隧道施工中的工人们：

　　大瑶山不再寂寞了，

　　　这里盛开着奇葩，

绿帐篷、黄帐篷，
一簇簇，灿若山花；

山泉水滋润着，
万吨的汗水浸泡着；

枕着山野的荒凉，
啃着难耐的艰辛；

这里集聚着，
中华民族的精英；

泥石流赶不走他们，
高温和奇寒动摇不了他们；

专找顽石开战，
青春点缀荒凉；

一生开垦黑暗，
辛勤种植光明；

荆棘，留给自己，
道路，留给后人……

后任海南省委书记的许士杰也撰写了一首长诗《赞大瑶山隧道》讴歌隧道建设者：

莽莽大瑶山，九龙十八滩。

武水如丝带，铁轨绕带湾，

崇山夹一线，南北系南端。

岭南岭北客货多，单轨火车奈若何！

旅客塞途多埋怨，商品积仓可蹉跎。

人民企盼铺双轨，瑶山拦道怎能过！

粤人常要求，中央考虑周。

群策加群力，科学细谋筹。

调来铁队伍，凿山刻不休。

大瑶山高一千米，隧道直穿三十里。

地质复杂断层多，泥石流夹大涌水。

困难最怕英雄汉，心坚气壮挖无止。

八方协作齐攻关，六国设备克钻艰。

理论实践与求证，卅字方针稳如山。

拦途猛虎一一服，长隧短做破层峦。

扎寨深山整十载，开机钻洞近七春。

忘我献身勇拼搏，离家远市绝红尘。

稳扎稳打步步营，钻钎爆石也炼人。

学徒成长当干部，技术员变百钢身。

找顶巧工王顺轩，屡战死神化吉祥。

众人齐赞龚贤礼，苦累不垮称金刚。

政工干部张林帮，善开愁锁喜洋洋。

昔年苦战能成昆，移师京华辟地门，

又战特区凿隧道，打完一仗又飞奔。

高歌猛进战岭南，多作贡献睡未酣。

辛勤栽植绿原野，树高结果又驾骖。

为绘山河挥彩笔，为建四化苦也甘。

领导谆谆紧握手，优质安全未离口，

完成工程九十九，更要依靠科学稳步走。

临别殷殷频回首，预祝乡土观念饮喜酒。

著名作家李国文采写文章

从 1986 年起，《人民铁道》报相继发表了著名作家李国文采写的《大瑶山工地纪实》，抒写了在衡广复线建设工地上的建设者们可歌可泣的事迹。

自从万里等领导深入衡广铁路现场办公，号召文学家、艺术家都到第一线去，为工人们唱颂歌，为他们树碑立传。刚从苏联访问归来的李国文听到消息后，就立即向领导要求到大瑶山工地去。

李国文说："第一，我是老铁路了，对新线建设熟悉；第二，我是中国铁路文工团的创作员，为铁路工人唱颂歌是责无旁贷。到大瑶山工地有着得天独厚的优势。"

1986 年新年刚过，李国文就登上了南下的列车，来到了大瑶山工地上。

白天，李国文头戴安全帽，爬高山，下竖井，钻地道，走访了隧道两端工程队工地，他还亲自一步步爬行在窄洞里察看断层出水处。

晚上，李国文住在工棚里，他和工人们座谈聊天。地方宣传部门请李国文去作报告，他都谢绝了。有同行的人邀他去游览名胜古迹，李国文也没有去。

李国文感到，他回到了工地老家，真有如鱼得水的感觉。

有人问李国文:"你在大瑶山工地感受最深的是什么?"

李国文回答说:"我感受最深的是工人阶级的献身精神,他们在艰苦环境里英勇奋战,像火一样在为四化燃烧着自己!"

李国文介绍说:"这项重点工程工地离广州市很近,在部分人追求'向钱看'的风气中,数万名铁路工人能成年滚在泥里水里凿大山,这是很可贵的。他们的工资并不高,奖金也没有多少,但为了打通京广线南端这一卡脖子区段,舍家在外,甘于艰苦。"

李国文在一次座谈会上作过调查:七八个家住农村的工人,由于家中没有劳力经营责任田,几乎每个人都负债数百元至千元。

李国文流着眼泪说:"在一次竖井被地下水淹没时,正是这些可敬的工人们奋战在 400 米深的井底,冒着齐脖子的水抢救国家财产……"

从 1957 年起,27 岁的李国文从铁路总工会下到铁路工程队当工人,在长达 22 年的漫长岁月里,他与工人们同吃、同住、同劳动,结下了深情。

所以当李国文重返大瑶山铁路建设工地的时候,他有一种返璞归真的感觉。

李国文曾在他的《冬天里的春天》中写道:

冬天是寒冷的，但是心和群众跳在一起，
就会感到地底下春天的温暖。

　　李国文说："文学创作无疑应该百花齐放，但作为创
作的主流，则应反映我们今天火热的生活，去激励人们
向上，这是作家的天职。在艰苦的大瑶山工地，有这么
多叱咤风云的工人们在为实现自己的理想而奋斗，我应
当为他们大声呐喊、助威。"

　　有人对李国文说："像您这样的作家，有 20 多年基
层生活的积累，足够您写几年的了吧?"

　　李国文说："我不这样认为。即使写昨天，也应站在
今天的高度去写。"

北影推出铁路建设主题电影

1988年，北京电影制片厂拍摄了一部以大瑶山隧道工程建设为背景，展现当代铁道建设者风采的故事影片《山魂霹雳》。

8月29日，北京电影制片厂与隧道工程局在京举行影片观摩研讨会。孙永福观看影片后说："感谢北影厂与剧组艺术家们的努力，拍出了这部成功的影片，再现了大瑶山宏伟的工程，热情讴歌了铁路建设者的献身精神。这部影片必将鼓舞铁路300多万职工，并使社会进一步理解和支持铁路工作。"

广播电影电视部副部长聂大江、铁道部政治部主任李际祥、北京电影制片厂厂长胡其明、《山魂霹雳》剧组导演陈国星、主要演员高明和方舒、电影评论界以及大瑶山隧道建设者隧道局有关人员等出席了观摩研讨会。

方舒一身白色套裙，一头近似小伙儿的短发。

有人问方舒："你是头一次拍铁路题材的影片吧?"

方舒回答说："不! 70年代我拍过电影《风雨里程》，在影片里扮演一位铁路女电工。"

在这次研讨会上，聂大江发言说："大瑶山隧道的建设者们在地下从事最伟大最艰苦的事业，他们一干就是八九年，默默奉献。有些歌星、舞星、影星、笑星，却一举成名，为人们所注目，一个是在天上，一个是在地下，我们提倡天上与地下结缘，这次影星方舒从天上深入到了地下。"

有人借着这一比喻问方舒："你从天上到地下，成功地表现了隧道工人的英雄群体，有些什么感受？"

方舒提起这些，显得有些激动，她说："为拍《山魂霹雳》，我在大瑶山生活了三个多月，参加了许多很有意义的活动，我感到铁路工人质朴、热情、特别可爱。

"他们住的工棚建在了山坡上，四壁漏风，地面有窟窿，往下一望，房下是百丈山谷。他们常年生活在荒山野岭，与亲人分居，生活条件艰苦，可大家都很乐观。"

谈到这部影片，方舒说："我演的谢韵这一角色，没有拔高，力求自然，真实，返璞归真，以质朴取胜。影片看起来没有什么瑰丽色彩，却令人回味无穷。这样同工人、同观众的心就贴近了。"

方舒接着说："隧道工人 8 年中在大瑶山做的就是一件事，把泥土挖出来，再把水泥运进去，日复一日，年复一年，体现了中华民族坚忍不拔的精神。"

方舒停顿了一下，她深情地说：

我非常敬佩铁路职工，这是一个生命力极旺盛的群体。但社会上对他们了解不够，我要通过自己的艺术表演，使社会上了解铁路建设者们，知道在中国还有这么一批了不起的人，从事一项了不起的事业。

　　方舒在研讨会结束的时候，再三表示对铁路职工的敬佩之情，她说："筑路工人在深山生活单调，我要多拍一些有意义的电影，为他们的业余生活增添乐趣。如果有机会，我打算再拍一些反映铁路题材的影片。"

本书主要参考资料

《国史全鉴》本书编委会编 团结出版社

《共和国五十年珍贵档案》中央档案馆编 中国档案
　　出版社

《共和国要事珍闻》郑毅 李冬梅 李梦主编 吉林文
　　史出版社

《中国大决策纪实》黄也平主编 光明日报出版社

《中国大动脉》周文斌 刘路沙主编 广西科学技术出
　　版社

《中国铁路建设史》孙永福主编 中国铁道出版社

《神州大动脉》才铁军 雷风行著 福建人民出版社

《新中国的铁路建设》编委会编 新星出版社

《中国铁路建设》庄正主编 中国铁道出版社

《衡广风云》铁道部衡广复线建设指挥部 中国铁路
　　工程总公司 广州铁路局编 中国铁道出版社